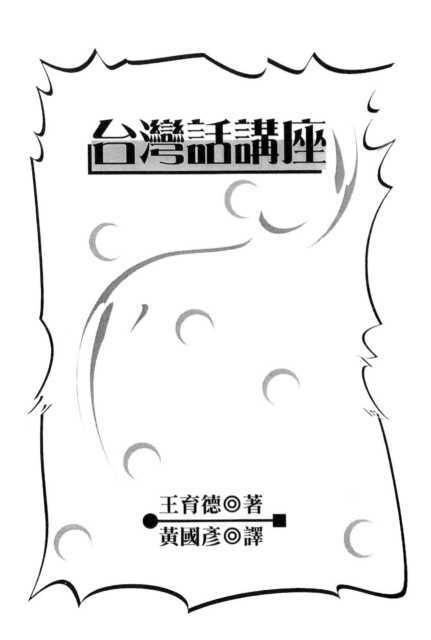

台灣話講座

王育德◎著

黃國彥◎譯

黃昭堂序

　　王育德博士一生有四大貢獻：

　　一、自一九六〇年到一九八五年逝世爲止，始終從事獨立建國運動，尤其於一九六〇年二月創立台灣青年社，這就是今日的台灣獨立建國聯盟日本本部的前身，他透過這個團體的機關誌《台灣青年》月刊以及日本的報章雜誌，宣揚台灣獨立建國的理念，影響海外台灣人留學生，壯大台灣獨立建國運動的聲勢。

　　二、自一九五八年到一九八五年逝世爲止，在東京的明治大學任教，又在東京大學、埼玉大學、東京外國語大學、東京教育大學(現在的筑波大學)、東京都立大學等國立、公立大學從事教職，養成人材，並透過教育，使日本人增加對台灣人的了解。

　　三、第二次世界大戰期間，日本殖民地統治當局強迫二十萬台灣人從軍，其中有三萬多人戰死或病死，又有數千人重傷。在蔣氏政權眼中，這些人是抗戰中的敵人，而罔顧他們對日本請求補償的權利。王育德博士基於對同胞的關懷，遂挺身而出，與日本人於一九七五年組織「台灣人前日本兵補償問題思考會」，透過裁判與國會立法，終於一九八四年爭取到七百億圓日幣的國家預算，實現每人二百萬圓日幣的補償。

　　四、王育德博士深信「語言是民族之母」，而投身於台灣話

的研究。他發明了台灣羅馬字標記法，即世人所知的「王育德式」。王育德式有二：第一式結晶在他的處女專書《台灣語常用語彙》。一九五八年的當時，哪有願意做這種「了錢生理」的出版社？王博士得到夫人雪梅女士的同意，變賣住宅做出版費用。後來，王博士改良第一式，創造第二式。他的後期著作《台灣語入門》與《台灣語初級》就是用第二式寫的。但是數年後，他考慮到教會羅馬字已經有百年的歷史，有數十萬台灣人習慣使用，為求台灣話羅馬字標記法早日歸一，而且普遍化，他聲明放棄自己的方式，支持教會羅馬字！

王育德博士台灣話研究的集大成是他的博士論文《閩音系研究》(又名《台灣語音的歷史研究》)。對這篇巨著，他還是不滿足，還繼續修改工作。但是在日理萬機、非常無暇的狀態下，他將這個工作留置後面，致使逝世後，雪梅女士不得不將這篇博士論文隻字不改，由東京・第一書房出版。雖然如此，這篇論文還是全世界台灣話研究的金字塔。

這本《台灣話講座》是王育德博士早期之作。原本刊在《台灣青年》創刊號至第三十八號，共歷時差不多四年之久。沿用一個題目，每月號一篇，這種持續力，確實是常人做不到的。

《台灣話講座》由現在算起來是三十幾年前的作品。但是現在讀起來，還是備覺新鮮。那時他正值三十幾歲的黃金時代，精力充沛。讀者會由文中的片言隻句，感覺到王博士對台灣的愛惜之心。

為甚麼許多台灣人所謂的知識份子正努力放棄台灣人的文物，極力吸取中國統治者的文物的時代，這個由小學至大學，甚

至研究所，受了完整的日本教育的人，對台灣的語言如此用心？最大的動機是出於「愛」，出於「對台灣鄉土的愛」。

　　他是一個樂觀的人。他在《台灣話講座》第一回〈台灣話的系譜〉說：「現在爲時還不晚，可以彼此貢獻智慧，設計出一套優良的正字法。」

　　現在，台灣話研究的專家輩出，這是一個非常可喜的現象。就我所知，現在台灣的「正字法」近十種，每人一說。在研究的階段，這是難免，而且是正常的現象。但是爲求台灣話正字法的早日普遍化，有需要早日「歸一」。我利用這個機會，懇請各位專家早日開一個「台灣話正字法制定會議」，解決這個問題。

　　　　　　　　　　　　一九九二年三月十一日於日本東京

黃國彥譯序

　　一九六九年，我還在研究所求學的時候，為了蒐集論文的參考資料，曾經託日本友人代購許多語言學方面的專書，其中有一本是日本語言學泰斗服部四郎博士所著的《語言學的方法》。這本書裏頭有一篇論文，題目是〈王育德氏《台灣語常用語彙》序〉，深深吸引了我。這篇論文名之為序，實際上則是一篇不折不扣、內容精彩的論文。論文式的序文，在我來說還是頭一遭看到，令我覺得非常新鮮。而更讓我好奇的是，服部四郎博士在這篇序文中，稱讚《台灣語常用語彙》一書是王育德先生「對台灣話純真熱愛的結晶」，而且認為王育德先生「集對台語的熱愛和科學精神於一身，值得驚嘆」。這王育德到底是何許人物，居然能獲得服部四郎博士如此稱讚？這是我第一次知道王育德先生的存在，也因而產生了仰慕之心。赴日留學之後才知道，《台灣語常用語彙》是王育德先生在一九五七年自費出版的處女作，也是戰後第一本在日本出版的台日對譯辭典，在台灣話的研究史上，具有劃時代的意義。

　　留學日本期間，由於住處和王育德先生的寓所相距不遠，加上他是東京大學的前輩校友，而且都是攻讀語言學，在偶然的機緣下，遂和王育德先生及其夫人雪梅女士認識，相互交往，以迄

於今。這次翻譯《台灣話講座》,一方面固然是希望將王育德先生在台語研究上的成果和想法介紹給國內的讀者,一方面也是**基**於上述的因緣。

王育德先生係一九二四年出生於台南世家,幼年及青少年時期曾在家塾學習漢文,對他日後踏上研究台灣話之路有相當的影響。一九三〇年四月進入台南市末廣公學校就讀。一九四〇年自台南州立台南第一中學畢業後,考上台北高等學校文科甲類。一九四二年高中畢業,旋即前往東京留學,一九四三年進入東京帝大文學部支那哲文學科,一九四四年因避空襲返台,到嘉義市役所庶務課(市公所總務科)上班。一九四五年台灣光復後,擔任省立台南一中教員並從事戲劇運動。一九四七年和雪梅女士結婚。二二八事件發生後,其兄王育霖遇害,他本人則在一九四九年經香港輾轉逃到日本,一九五〇年復學再度進入東京大學文學部中國文學語學科攻讀中國語言學,並將妻女接到日本定居。一九五二年大學部畢業,一九五三年考上東大研究所,一九五五年獲得碩士學位並考取博士班,一九五八年擔任明治大學兼任講師。一九六〇年創設台灣青年社,發行《台灣青年》,積極展開台灣獨立運動。一九六七年獲聘為明治大學專任講師,講授台灣話和中國語言。一九六九年獲得東京大學文學博士學位,並升任明治大學副教授。除了擔任明治大學專任教授外,他還曾經在埼玉大學、東京大學、東京教育大學、東京都立大學、東京外國語大學等多所大學兼課,從事台語教學。一九八五年九月九日因心肌梗塞而與世長辭。

王育德先生不但是一位台語語言學家,也是台灣獨立運動的

先驅。他為人豪爽，粗中帶細，平易可親，善解幽默，而且非常
慷慨。做學問時，一絲不苟，律己甚嚴；在家中含飴弄孫時，是
一位慈祥的長者；談到獨立運動時，熱情洋溢，信念堅定。他還
寫過劇本、詩以及小說，可以說多才多藝。他的生活和研究，從
出發點到終極目標，無一不跟追求台灣人的幸福息息相關。他的
學識和貢獻，在日本是有目共睹的，但在國內，知者似乎不多。
夫人王雪梅女士非常賢淑，是一位典型的台灣女性，相夫教子，
和夫君同甘共苦，內助之功厥偉。

　　王育德先生著述甚多，全部以日文撰寫。包括單行本六種：
《台灣語常用語彙》(1957年)、《台灣：苦悶的歷史》(1964年。
有漢譯本，1979年在日本出版)、《台灣語入門》(1972年)、《台灣
海峽》(1983年)、《台灣語初級》(1983年)、《台灣語音的歷史研
究》(1987年，博士論文)，學術論文三十篇，發表於《台灣青年》
的評論、隨筆六十餘篇，散見於其他雜誌的評論、短文二十六
篇、書評十餘篇、劇本六篇、七絕四首、小說一篇。

　　有關王育德先生詳細的生平，請參閱洪惟仁〈第一位閩語學
博士：王育德小傳〉(《台語文摘》第2期)，著作細目請參閱《台
灣語音的歷史研究》(日文)所附著作目錄。

　　《台灣話講座》是王育德先生比較早期的著作，以一般讀者
為對象，但論文色彩甚濃。從一九六〇年四月開始在《台灣青
年》第一期連載，一直到一九六四年一月第三十八期為止，總共
有二十四講，以下是其內容大要。

　　第一講：從語言系譜的觀點將台灣話加以定位，並強調為台
　　　　　　灣話設計一套優良的正字法的必要性。

第二講～第四講：探討台灣話的音韻體系──包括音節、輔
　　　　　　　　音、元音、聲調──並將自己歸納設定的音韻體系
　　　　　　　　和現行的其他各種羅馬字標音法加以比較。

第五講～第六講：討論台灣話的教會羅馬字，指出教會羅馬
　　　　　　　　字有其缺點，必須加以改良。

第七講～第九講：探討台灣話的詞彙，對於以漢字書寫台灣
　　　　　　　　話時沒有詞源根據的假借字氾濫成災表示憂心，但
　　　　　　　　也反對一味根據詞源從古籍中找出生僻的漢字做為
　　　　　　　　正字來使用的復古思想。王育德認為台灣年輕人無
　　　　　　　　法說一口流利的台灣話，是因為詞彙貧乏的關係，
　　　　　　　　所以必須學台灣話。而且也必須將台灣話加以改
　　　　　　　　良，使其能符合時代需求。他同時呼籲大家要愛台
　　　　　　　　灣話，珍惜台灣話，說台灣話，豐富台灣話的詞
　　　　　　　　彙。

第十講：回憶自己在「書房」(書塾)學漢文和台灣話的經
　　　　過，對書房在台灣話的學習上所扮演的角色予以肯
　　　　定。

第十一講～第十三講：探討台灣話的文言音、白話音和訓
　　　　　　　　讀，列舉出文言音和白話音的對應關係，並說明文
　　　　　　　　言音和白話音並存的現象是台灣話的一大特徵，也
　　　　　　　　是使用漢字的必然結果。

第十四講～第十六講：列舉北京話和台灣話在發音上的對應
　　　　　　　　關係，並指出可以透過北京話提高台灣話的學習效
　　　　　　　　果。

第十七講～第二十講：以「歌仔冊」爲探討主題。王育德認
　　　　爲歌仔冊是台灣人的文化遺產，含有豐富的史料價
　　　　值。

第二十一講～二十三講：探討台灣話的文法，包括構詞法、
　　　　詞類的畫分、句法等問題。

第二十四講：針對台灣話未來的發展方向，提出五大主張：
　　　　(1)用羅馬字標寫外來詞；(2)漢字和羅馬字混用；(3)
　　　　改良羅馬字；(4)讓台灣話更加精鍊；(5)建立合理的
　　　　語言政策。最後一講並附有結語，談到這項連載所
　　　　獲得的迴響，以及執筆期間的心情、感受，並表示
　　　　執筆的動機在於：希望透過對母語的認識，提升台
　　　　灣人的自覺。

在譯文方面，有一點必須說明。原文中所用的羅馬字標音採
「王第二式」，是將通行的教會羅馬字略加修改而成，譯文中一
律改用教會羅馬字，主要是考慮到後者比較通行，容易讓讀者接
受的緣故。王育德先生本人雖然認爲教會羅馬字在理論上不盡合
理，而在出版《台灣語常用語彙》(1957年)時採用「王第一
式」，在《台灣話講座》中則採用自創的「王第二式」，但後來
出版的《台灣語入門》(1972年)和《台灣語初級》(1983年)，都改
採教會羅馬字，放棄「王第一式」和「王第二式」。

本書原文撰寫於一九六〇年代初期，由於人、時、地以及政
治環境的限制，一直未能讓國內讀者有機會一睹爲快，現在才譯
成中文出版，或許難免有明日黃花之譏，但我認爲本書有深厚的
語言理論和基礎，而且涵蓋面極廣，能夠幫助讀者對台灣話做全

盤的了解，在今日看來，絲毫不失其價值。王育德先生在《台灣話講座》的結語中曾經表示，本書原本是以台灣讀者爲對象而撰寫的，但因原文是日文，不懂日文的人根本無緣一讀，這一點王育德先生本人想必也深以爲憾。在本土意識高漲，有關台灣文化和台灣話的研究日見蓬勃的今天，但願本書的出版能給各位關心台灣的讀者提供思考及反省的材料，增進大家對台灣話的認識，也希望透過本書的翻譯，能讓國人對這一位台語研究的巨擘——王育德先生有進一步的認識並加以追思。

　　本書在付印過程中，承蒙東吳大學日研所蔡錦雀小姐協助校對，在此表示謝意。

一九九二年十二月

目 次

世界的語言和語系

　　我們的母語 (mother tongue)——台灣話到底是何種語言？欲知其究竟，雖然有些轉彎抹角，照理應該先說明全世界語言的概況。

　　世界上有幾種語言？這個問題最讓語言學家傷腦筋。因為某個語言，應該算做獨立的語言或只是一種方言，有時難以下定論。反之，可能也有一些語言名存實亡或正趨衰微。未經充分研究調查的地區（例如非洲），學者提出的數字因人而異。法蘭西學院所定的數字——二七九六種，現在已成通行的說法，但詳細內容在學者之間稍有出入。

　　這二七九六種語言，可根據特徵分為若干語系 (family)。例如歐洲和印度、波斯地區的語言屬於印歐語系 (Indo-European family)；阿拉伯和北非地區的語言屬於閃含語系 (Hamito-Semitic family)；中亞以迄朝鮮、日本的語言屬於阿爾泰語系 (Altaic family)。台灣話則屬於漢藏語系 (Sino-Tibetic family)。

漢藏語系包括東南亞使用的各種語言,勢力相當強大。因爲漢語(日本人以前稱爲「支那語」,只不過是外文的譯音,但我們一聽到「支那」這個字眼,就會覺得不舒服,所以通常改稱漢語或中國話。不過,如果日本學者爲了避免和日本山陽地區的「中國方言」混淆而稱爲「支那語」,那也是他們的自由,不容別人置喙。)也就是中國話,擁有六億多的使用人口以及堪與整個歐洲匹敵的廣大使用地區。

這個語系的特徵包括:單音節性 (mono-syllabism) 以及擁有所謂類別詞(classfier。也叫量詞或陪伴詞)這種特殊詞類的用法。

中國話有許多方言

北京方言和廈門方言的差異比英語和德語之間的差異來得大──這一點可以用語言年代學的方法提出數字來證明。王力根據語音上的特徵,把中國的方言分爲五大音系:

官話音系(以北京方言爲標準音)

北方官話──河北、山西、江西、甘肅、河南、山東、新疆、內蒙、東北、湖北、安徽、江蘇

下江官話──安徽、江蘇部分地區

西南官話──四川、雲南、貴州、湖北部分地區、湖南、廣西

吳音系(以蘇州方言爲標準音)

江蘇的長江以南地區、浙江、江西部分地區

閩音系(以廈門方言爲標準音)

閩北系──福建東北部

閩南系——福建東南部、廣東東北部、海南島、台灣、雷
　　　州半島部分地區

粵音系(以廣州方言爲標準音)

　廣東、廣西部分地區

客家話(以梅縣方言爲標準音)

　廣東、福建、江西、四川、台灣部分地區

閩音系以閩南系最有力，有許多次位方言

　　福建省在地形上屬於中國東南沿海丘陵地帶的一部分，全省
百分之九十是丘陵。因此交通難以發達，居民住在丘陵的盆地或
狹小的海岸平原，形成彼此孤立的生活圈，難怪方言很多。

　　但既然被視爲同一音系，小方言之間就不至於完全聽不懂，
頂多只覺得腔調不同(嚴格說起來應該是語音體系的差異、語音變化傾
向的不同)。所謂漳州腔、泉州腔、廈門腔、同安腔、惠安腔、永
春腔即是。

台灣話情況略爲不同

　　我們的祖先，在過去四個世紀內從福建省渡海來台。他們主
要的出生地是漳州和泉州(在台灣佔百分之十到百分之十五的客家人，
主要是來自廣東北部者的子孫，現在仍說客家方言——梅縣和海陸豐。他
們有必要學會在政治上和經濟上處於優勢的閩南方言，實際上也有很多人
會說。本講座不討論客家話)，他們最初或許抱持天生的強烈同鄉意
識，但爲了和高山族爭地以及和貪官污吏對抗，必須站在移民的
立場團結一致，無法像以前那樣建立封閉的社會。而且台灣西部

平原廣闊，交通也比較方便，彼此融洽相處的機會很多。因此，漳州腔和泉州腔交雜相混，變成不漳不泉，形成台灣話的一大特徵。

以筆者為例，祖籍是靠近泉州的同安，大體上漳州腔占七成，泉州腔占三成。筆者的故鄉台南市，據小川尚義的調查（1907年），屬於泉州腔較濃的地方，為何演變上述的比率，筆者迄未能找出原因所在。

當然，有的地方或許保存比較純粹的某種腔調。據說宜蘭地區漳州腔占優勢，可能是因為開拓該地區的是漳州人吳沙，受此影響所致。又據說台北萬華和大稻埕腔調不同，大概和史實有關——萬華由晉江、惠安、南安所謂泉州三邑人（俗稱頂郊人）首先開拓，而大稻埕則由漳州人（俗稱下郊人）開拓。不過，是否這樣就可以把它和漳州腔跟泉州腔的對立扯上關係，在沒有調查之前，筆者不敢遽下斷言。何以勢力範圍如此涇渭分明，有一段相當有趣的經過，在此附帶一提。咸豐三年（1853年），漳州人和泉州人之間發生大規模的集體械鬥，俗稱頂下郊拚，漳州人打敗，擡著城隍爺逃到大稻埕——這個事件是其主因。萬華被大稻埕取而代之，失去昔日的繁榮，乃因後來淡水河淤淺，船隻無法上溯到萬華的緣故。在此之前，萬華非常繁榮熱鬧，有一府二鹿三艋舺之稱。正因如此，漳州人才要求加入泉州人的行列。

台灣話不漳不泉的現象也見於廈門方言

廈門在南京條約（1842年）簽訂後開港，從昔日貧困的漁村搖身一變，發展成華南首屈一指的現代化港埠。大批人從近郊各地

流入。這個新興都市的語言情況，和台灣有彷彿之處。至於混淆的比率，台灣大概也有些地方接近廈門方言。因此，有不少日本人認爲廈門方言原封不動流傳到台灣。但我們一聽到廈門人所說的廈門方言，馬上會發現它和自己的語言略有不同，這一點不容否認。原因何在？很早以前筆者就一心一意想找出原因，但因和廈門人幾無接觸，無法做完整的調查，非常遺憾。不過在查閱羅常培的《廈門音系》(1931，1956)一書時，發現廈門方言比較多輕聲的用法，台灣話則比較少，其中或許有什麼奧妙之處。

輕聲在發音中扮演相當重要的角色，發輕聲或不發輕聲，哪一個音節發輕聲，在聽覺上有很大的不同。用日語來比方，就是相當於重音怪不怪的問題(輕聲和重音性質當然不同)。雖然如此，輕聲卻具有容易變化移動的特性。和大陸隔離了五十年(日治時期)，台灣話的輕聲在這段期間發生和廈門不同的變化——這樣推測應無不妥。

台灣話也有腔調上的差異

例如「鷄」的發音，台北是 koe，台南是 ke；「二」的發音，台中是 nō，台南是 nng。(聲調並無不同。聲調的標注相當麻煩。首先，印刷廠的人會皺眉頭。這裏所用的羅馬字是教會羅馬字。)一般人通常稱之爲北部腔、中部腔、南部腔，不過其間的歧異並不像閩南那麼大，種類也比較少。

決定台灣話的標準音以什麼腔爲依據是個問題

像台灣這種殖民地，當地的方言是政府國語政策當前的大

敵，註定會格外受到迫害。大概還有很多人記得，日治時代上小學，每說一句台灣話就會被罰一分錢。由於這個緣故，沒有人努力試圖把某某腔定為台灣話的標準音，即使有人嘗試，也是終成泡影。

不過，當我們看看台灣總督府和台灣省政府發行的國語入門書或會話教科書所使用的台灣話時，就會發現其中幾乎都是泉州音台北腔。甘為霖 (W. Campbell) 的《廈門音新字典》(*A Dictionary of the Amoy Vernacular*)，在台灣基督徒之間被視為發音的權威，似乎是以泉州音台南腔為依據。筆者之所以說「似乎」，乃因協助編纂這本字典的林金生和陳大鑼兩人雖然都是台南人，腔調卻和同樣是台南人的筆者不同，或許他們奉泉州音台北腔乃至廈門方言為正統，故意不採用本身的台南腔；或許一九一三年這本字典出版的當時，台南腔就是如此；或許台南的某一地區實際上有這種腔調(據筆者所知，好像沒有)，無法下任何斷言。

總之，泉州音台南腔非常接近泉州音台北腔，由於文獻的存在和普及，可能有相當多的人把這種腔調當做標準音加以模倣。這個事實不容忽視。

台北腔以台北在台灣政治、經濟、社會和文化所占的優越地位為背景，主張自己在台灣話中居於標準語的地位，這是理所當然的。而且還有上述文獻做為奧援。筆者個人也願意投下贊成票。不過台南腔出來和台北腔打對台也很有可能，而且是相當強有力的對手。台南腔憑藉的是：台南為台灣古都；南部政治人才很多。但在決定標準語時，歷史古老無法成為很有力的立論根據。因為我們也能看到像日本話京都方言把地位拱手讓給東京山

手方言的例子。而政治人才很多，也就是實際掌權者希望讓自己的方言成為標準語的心理，固然能夠了解，但除非是相當專制獨裁的人，應該不會有這種非分之想，而且也辦不到。蔣介石講一口浙江口音的下江官話，毛澤東滿口湖南方言(西南官話的一種)，對元代以來成為中國標準語的北京方言的地位卻不敢動其分毫。不過，政治家只要能得到國語老師的寬容就應該滿足。教育家和文藝家，至少在寫文章時必須使用標準語。公開出版的書刊更不用說。

年輕人即使想說台灣話，腦裏也浮現不出適當的詞語

　　而且有許多人由於下面一些理由，而對台灣話感到失望：(1)知道確實是這個字，但對發音沒有自信；(2)聽朋友說台灣話總覺得不悅耳；(3)想用文字表達卻想不出適當的字。失望還情有可原，有的人甚至認為台灣話一無可取、粗俗不堪，而加以鄙視。這種人只好罵他們豈有此理。

　　由於詞彙貧乏而無法暢所欲言，講得苛一點，那是因為他自己不下功夫。這裏有一段有趣的小故事。有一個台灣人意識非常強烈，受過高等教育的漂亮女孩，被某個青年所吸引。因為這個青年會說一口流利的台灣話，和他的年齡很不相稱。這是令人不覺莞爾的小插曲。筆者由衷祝福這一對情侶。我們可以稱讚他們才是台灣人當中前途不可限量的年輕人。

　　由於沒有正字法而無法讀或寫——責任在於台灣話本身。因為這樣才無法編出好的教科書，才無法寫出好的小說和優秀的作

品，也就是無法出現好的教育家和文藝家。但這是所有台灣人都應該負起責任的。現在為時還不晚，可以彼此貢獻智慧，設計出一套優良的正字法。在這個講座中，筆者打算提出自己的試行方案，供讀者參考。

語言本身原就沒有評定價值的標準

有人認為英語是高等語言，美洲印地安語言是下等語言，這是因為以語言背後文化的高低為尺度的緣故。以前施萊和 (Schleihier) 根據形態上的概念，將語言分為下面三類：孤立語 (isolating language)，例如中國話；膠著語 (agglutinative language)，例如日語、朝鮮語；屈折語 (inflectional language)，例如英語。他還主張語言是照這個順序發展的。這個說法影響頗深，但受到惠特尼 (W. D. Whiteny) 和耶氏柏森 (Otto Jesperson) 的駁斥。總而言之，語言的發達在形態結構或語音、文法方面，無法下任何斷語。只要能夠以最經濟的手段做最大的表達即可，因此就這一點而言，詞彙的明確性和豐富才是最應該重視的。日語如何以固有的大和語言為基礎，吸收漢語和歐美的詞語，達到補充並豐富詞彙的目的，使其在今日能派上用場——這是很好的例子和榜樣。

我們的語言表達 (utterance) 可劃分為詞組

　　詞組 (phrase) 由一個個的詞構成。

　　詞 (words) 則分為一個個的音節。

　　所謂音節 (syllable) 是指本身內部沒有段落，前後才有段落的單音串或單獨一個音而言。單音(single sound。以〔　〕標示)是語音學上最小的單位。與此相當的音韻學上的單位是音位(phoneme。以 /　/ 標示)，中國話一個音節寫成一個漢字。

　　中國話的詞多為單音節。試將美國的語言學家 Morris Swadesh 選定的200個基本詞彙套入台灣話，就會有155個詞屬於單音節詞。「我」goa(我──省略調號，以下同)、「來」lai(來)、「雨」ho˙(雨)……。也有由兩個以上的音節構成的詞。「為什麼」an-tsoaⁿ(安怎)、「膝蓋」kha-thau-u，(跤頭□──□表示漢字不明。以下同)、「只好」ko-put-ji-chiong(姑不而

將)……。

　　音節頂多只到四個音節，如超過四個音節，似可視爲兩個詞
的結合(詞組)較妥。

中國傳統的觀念是將音節視爲 「聲母」和「韻母」的二元結合

　　這個觀念似乎和中國人根據陰陽二元論說明森羅萬象的固有
思惟方式不無關係。「聲母」就是現在所謂的頭輔音 I(initial)，
韻母就是介音 M(medial)＋主元音 V(vowel)＋尾輔音 F(final) 再加
上聲調 T(tone)。二者都產生一個新的發音的功能，所以稱爲
「母」。

　　現在所謂的 phonology，在中國叫做「聲韻學」或「等韻
學」，有悠久的傳統。所謂雙聲疊韻，就是將聲母或韻母相同的
字加以搭配，讓語調順口的修辭方式；自古以來常被運用。六朝
初期，孫炎發明「反切之法」，聲韻學的基礎於是奠定。

　　所謂反切法，例如以「切韻」(601年，中國最古的韻書)查漢字
的發音，就會發現「東」字標注「德紅切」。有的韻書標注「德
紅反」。反切這個術語即由此而來。意思是說，從上字(反切上
字)「德」tek 取聲母 /t-/，從下字(反切下字)「紅」hong 取韻母
/-ong/，結合成新的發音 /tong/。(又利用反切上字辨別清濁，利用
反切下字辨別平上去入四聲，決定聲調。)

　　那麼，不知道「德」、「紅」或這兩個字的發音的人，該怎
麼辦？必須多費一道手腳，利用反切知道它們的讀法。因此，我

們必須知道一些漢字的發音當做本錢才行。不過反切法本身有許多不合理和缺乏效率之處，不容否認。

　　後來出現了守溫(唐末的沙門)三十六字母和四等、十六攝之類的新分析方法，經過改良，最後造出注音符號這種民族色彩濃厚的音標，但從今日語言學的水準來看，分析還不夠徹底，標寫方法也還不完全。

將音節具體分析為 IMVF/T 的結果

（註：為了敘述上的方便，以下有關音位的說明，採用筆者所創羅馬字第二式標寫。）

	I	M	V	F	T
我	g	u	a	○	2
愛	，	○	a	i	3
汝	l	○	i	○	2
青	ch	○	e	ng	1
青	ch	○	e	ng	1
年	l	i	a	n	5
丕	，	○	m	○	7
吠	p	○	u	i	7

　　在這裏一定會有人提出各種問題。

　　「○」代表什麼？代表「零」。「零」在音位分析中是具有積極作用的成分。在這些例子中，韻母的其他成分相對加長，彌補了「零」的空隙，發揮了使每個音節的長度保持均一的作用。

「汝」的 i 音比「愛」「年」的 i 音長而且強。

「，」是什麼？「伊、愛、烏、歪……」，一般的說法是「以元音起頭」，那不就應該是「○」？但據筆者的觀察，台灣話的這些音節，並非「緩慢的發聲」(gradual beginning) 亦即「零」，而是「明晰的發聲」(clear beginning) 亦即有聲門緊縮 (glottalization) 的現象。因此筆者認爲應該擬定 /，～ʔ/ 這種積極的頭輔音音位。至於實用的羅馬字是否把它標寫出來則是另一回事。

把「不」的 'm 音(「黃」的 'ng 亦同)中的 m 視爲主元音，會覺得無法接受，也是難怪。因爲它是「自成音節的輔音」(syllabic consonant)，「響度」類似母音，所以歸併於此。

關於 'ui('iu 亦同)，據筆者觀察，第一個音位似乎比第二個音位稍長且強，所以把 u 看做主元音。但不是 'ai 或 'au 那樣有明顯的差別。因此，大概也有些專家會認爲主元音應該是「零」，i 和 u 分別爲介音和韻尾，亦即 i○u，u○i。北京話也有近似台灣話的音節，但1聲、2聲和3聲、4聲之間有若干差異。1聲、2聲可以寫成 iu、ui，3聲、4聲可以寫成 iou、uei。這可以解釋爲發1聲、2聲時，由於聲調的強度和長度的關係，主元音 o 和 e 深藏不露。但台灣話不管聲調如何，並不出現這種潛在的主元音。

由此可見，音節不可缺少的成分是頭輔音和主元音。

標示聲調所用的數字，1是陰平，2是上聲，3是陰去，4是陰入，5是陽平，6和2相同所以空缺，7是陽去，8是陽入。入聲的特徵是有尾輔音 /-ʔ、-p、-t、-k/，因此，實際上只要能區別

陰調或陽調即可，反正只是爲了方便而已，不需要鑽牛角尖。

台灣話有多少音節？

這裏所謂音節，是指和語義結合的語言形式 (linguistic form) 的音節而言。因此，純粹屬於語音形式 (phonetic form) 者一律除外。例如 bia、nam、luaiq……，並非無法發音，但毫無意義可言。照筆者的統計，屬於平、上、去聲的音節有495個，屬於入聲的音節有301個，總共有796個。這是以具有四種聲調中的某一種聲調，跟某種語義結合，成爲一個語言形式的語音形式爲對象，統計所得的數字。因此，一個語音形式以幾種聲調和語義結合成語言形式，必須逐一調查。用這個方法統計出來的北京話的音節數目，根據一九三二年出版的《國音常用字彙》，有411個。相形之下，台灣話富於變化，但反過來說，複雜和不易學習的程度也相對增加。

又漢字雖然有五萬之多，但就發音而言，台灣話有796種，北京話不過411種(聲調種類不予考慮)。因此同音異義詞 (homonym) 很多，也不足爲奇。

台灣話的頭輔音

看看台灣話有幾種頭輔音？

雙唇音 (labial)

p 〔p〕 巴、埔、褒、包、卑……

ph 〔p′〕 批、鋪、波、抛、披……

b 〔b〕 馬、某、帽、卯、米……

  m 〔m〕 媽、毛、罵、矛、麵……

齒音 (dental)

  t 〔t〕 大、都、刀、斗、猪……

  th 〔t'〕 他、土、討、偷、啼……

  l 〔l〕 拉、路、羅、老、離……

  n 〔n〕 那、懦、爛、鬧、染……

舌尖音 (affricate)

  ch 〔ts〕 查、祖、曹、走……

  chh 〔ts'〕 差、粗、操、鈔……

  s 〔s〕 沙、羨、唆、梢……

  j 〔dz〕 熱、銳、愈……

舌面音 (palatal)

  ch 〔tɕ〕 之、者、針、昭……

  chh 〔tɕ'〕 痴、車、簽、尺……

  s 〔ɕ〕 詩、寫、閃、燒……

  j 〔dʑ〕 而、惹、任、人……

舌根音 (velar)

  k 〔k〕 家、姑、高、交、基……

  kh 〔k'〕 跤、口、科、叩、欺……

  g 〔g〕 牙、鵝、五、疑……

  ng 〔ŋ〕 雅、吳、淆、硬……

喉音 (glottal)

  h 〔h〕 花、呼、號、校、希……

  , 〔ʔ〕 伊、王、鞋、烏……

　　從語音學的觀點來看，輔音有二十二個；但從音位學的觀點來看，只要分析成十八個輔音音位即可。

必要之處略加說明

　　〔p、pʻ、m；t、tʻ、l、n；ts、tsʻ、s；tɕ、tɕʻ、ɕ；k、kʻ、ʔ〕等音，北京話也有，無需特別說明。不同之處是北京話的〔p，t，k〕等所謂爆發音 (plosive)，不像台灣話那麼緊張 (tense)，比較弛緩 (lax)。

　　北京話沒有〔b，g，dz，dʑ〕等所謂有聲音 (voiced)，也沒有鼻音 (nasal)〔ŋ〕。

　　l〔l〕本為邊音 (lateral)，北京話確實如此，但台灣話多少具有爆發音的性質，有人乾脆把它看成 d〔d〕(例如廈門大學的黃丁華、黃誠典)。廈門人有用「老」翻譯英語的 d 的傾向——這項報告(《廈門音系》，頁6)也是此說的佐證，但台灣人不容易發日語的 da 行音，是以證明台灣話沒有純粹的〔d〕，筆者鑑於它和中古音「來」母的對應關係，以及《十五音》(詳後)的處理方式，決定保留 l。不過從音位分析的角度來看，相當於 d 的部分剛好是空欄，把 l 放在這個位置是很正確的。

　　台灣話的 h〔h〕和北京話的 h〔x〕，發音部位不同，但音色很類似。二者都是發自喉頭深處的擦音 (fricative)。

　　台灣話裏頭有，而北京話裏頭沒有的是濁音〔b、g、dz、dʑ〕和鼻音〔ŋ〕；北京話裏頭有，而台灣話裏頭沒有的是唇齒音〔f〕和捲舌音〔tʂ、tʂʻ、ʂ、ʐ〕。其中捲舌音是台灣人最感棘手

的，通常以舌尖音代替。

〔ts〕和〔tɕ〕歸納為 ch，〔ts'〕和〔tɕ'〕歸納為 chh，〔s〕和〔ɕ〕歸納為 s，〔dz〕和〔dʑ〕歸納為 j，原因何在？這是因為前者只出現於 i 以外的韻母，後者只出現於有 i 的韻母，形成所謂「互補的分析」(complementary distribution)，所以只要歸納成一個音位即可。換言之，後者是受到 i 的影響而發生顎化。北京話也有類似台灣話的處理方式。顎化的 j、q、x(羅馬字，據1957年11月中華人民共和國公佈的漢語拼音方案草案)是舌尖音 z、c、s 加上 i 這個成分顎化的結果，而捲舌音 zh、ch、sh、r 則是舌尖音加上捲舌成分的結果。

另外形成互補的分佈的，有〔b〕:〔m〕，〔l〕:〔n〕，〔g〕:〔ŋ〕三組，前者只出現於非鼻化韻母之前，後者只出現於鼻化韻母之前。換言之，如果後面跟著鼻化韻母，〔b〕、〔l〕、〔g〕就受其影響，變成〔m〕、〔n〕、〔ŋ〕。鼻化韻母就是 aN〔ã〕、eN〔ẽ〕、aiN〔ãĩ〕之類變成鼻音的韻母(以大寫的 N 代替標示鼻化的波浪記號)。所以，它們只要歸納為 b、l、g 一組即可。例如「馬」ma〔mã〕可標成 baN、「年」ni〔nĩ〕可標成 liN，「吳」ngo〔ŋõ〕可標成 goN。《十五音》就是這樣處理，以「門」代表 b 和 m，以「柳」代表 l 和 n，以「語」代表 g 和 ng。這樣確實經濟，但羅馬字的拼寫相當繁瑣，也和常識不合，不宜採用為正字法。

台灣話沒有 j〔dz、dʑ〕音的大概有半數左右。j 是漳州話的特徵，泉州話 j 併入 l。所以泉州籍台灣人不分 j 和 l，可以一律寫成 l。這樣做雖無不可，但在設計羅馬字的正字法時，不妨

採用 j，可以增加辨識的作用。筆者之所以採用 r，乃因考慮到它的發音接近 l，泉州籍台灣人即使發音成 l 也不算錯，而且 r 和中古音的「日」母對應，北京話也寫成 r。

各式羅馬字的異同

可列成下表：

音　　值	音　位	教會式	台語式	周辨明式	羅常培式	第一式	第二式	十五音
〔p〕	/p/	p	b	p	b	b	p	邊
p'	p'	ph	p	ph	p	p	ph	頗
b m	b	b m	bx m	b m	bb m	bh m	b m	門
t	t	t	d	t	d	d	t	地
t'	t'	th	t	th	t	t	th	他
l n	l	l n	l n	l n	l n	l n	l n	柳
ts tɕ	c	ts ch	tz j	c	tz	z	c	曾
ts' tɕ'	c'	chh	ts ch	ch	ts	c	ch	出
s ɕ	s	s	s	s	s	s	s	時
dz dʑ	r	j	dz jx	j	dz	r	r	入
k	k	k	g	k	g	g	k	求
k'	k'	kh	k	kh	k	k	kh	去
g ŋ	g	g ng	gx ng	g ng	gg ng	gh ng	g ng	語
ʔ	'	/	/	/	/	'	'	英
h	h	h	x	h	h	x	h	喜

　　教會式即教會羅馬字，也就是所謂「白話字」，是唯一實際使用的正字法。

　　台語式是朱兆祥：《台語方音符號》（台灣省國語推行委員會出版，1952年）中的「台語羅馬字」。

　　周辨明式是廈門大學教授周辨明所設計的，《廈門音系》曾經引用。

　　羅常培氏見於《廈門音系》，係羅常培本人所創。

　　第一式是筆者發表於《台灣語常用語彙》中的（1957年）。

　　第二式則是後來筆者提出的修正案。

　　台語式、羅常培氏、第一式和教會式、周辨明式、第二式在送氣音和不送氣音的標寫上採用不同的體系。前三種以一九二六年公佈的國語羅馬字爲依據，北京話的拉丁化一直採取這個路線。後三者中，教會羅馬字的成效發揮最大的作用，周辨明式和第二式沒有脫離其大方向。

　　筆者何以設計兩種正字法，必須說明理由。第一式的創製，乃因十年前，除北京話以外，各地方言的羅馬字運動盛極一時，方言羅馬字的重點放在和北京話的對應配合上。例如 h 習慣用來標示特殊的發音，北京話以 zh、ch、sh、rh 標示捲舌音；台灣話以 bh、gh 標示濁音，以 ah、uah 標示鼻化韻母。結果就以閒置不用的 x 來標示〔h〕。

　　可是，最近中共的方針似乎是不特別新創方言羅馬字。所以台灣話已經不必特別顧慮以求配合北京話，既然如此，最聰明的辦法大概是尊重教會羅馬字的優良成效，設法加以改良。這是主要的理由之一。

形成互補分佈的舌尖音和舌面音
的標寫法，各式羅馬字的出入最大

　　台語式可說是完全未經過音位分析，最散漫的標寫法。教會式對不送氣音未加整理。第二式把不送氣音標為 c，所以送氣音標為 ch，但熟悉英語的人可能會抱怨說：看到 c 無法聯想到〔ts〕〔tɕ〕之類的發音。另案是以 z、zh 或 ch、chh 代替，不過二者各有長短。關於教會羅馬字，容後詳加討論。

台灣話的語音體系 (II)

台灣話的韻母遠比聲母複雜

先觀察主要元音。可以分析爲六種主要元音音位，即：

/a/ 〔a〕 阿、麻	/e/ 〔e〕 裔、迷
/o/ 〔o〕 烏、某	/ə/ 〔ə〕 窩、帽
/i/ 〔i〕 衣、朱	/u/ 〔u〕 於、武

它形成下面的體系：

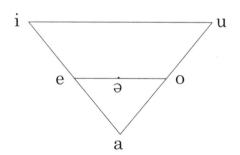

　　元音音位形成如此勻整的體系，饒富趣味。這並非台灣話才有的現象。

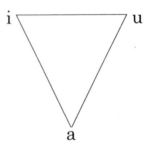

阿拉伯語、塔加洛語

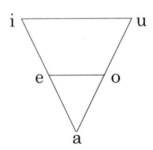

日語、西班牙語、俄語

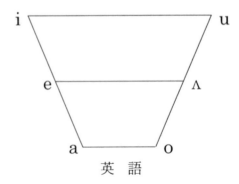

英　語

這種元音圖，象徵性地表示：元音位置越高，嘴巴張開度越小，位置越低，嘴巴張開度越大；位置越左，舌的最高點越往前移；位置越右，舌的最高點越往後移。

要能夠將元音音位以此種單純的圖形表示，必須經過相當精密的音位分析，最明顯的例子是北京話。

大家都知道，北京話可以觀察到〔a〕〔e〕〔o〕〔ə〕〔i〕〔u〕〔ï〕〔y〕等八種主要元音。如果把〔a〕分析為 /a/，〔e〕分析為 /e/，〔o〕分析為 /wə/，〔ə〕分析為 /ə/，〔i〕分析為 /ji/，〔u〕分析為 /wï/，〔ï〕分析為 /i/，〔y〕分析為 /jwï/，就形成下面罕見的體系(/j、w/ 視為半元音音位)：

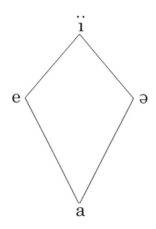

羅常培對廈門話的觀察

羅常培認為廈門話有六種主要元音：〔a〕〔o〕〔ɔ〕〔e〕〔i〕〔u〕。半開(半開)前元音只有一個〔e〕，半開(半開)後元音卻有兩個，即〔o〕和〔ɔ〕，在音位分析上比較棘手，筆者擬

將廈門話的元音位分析爲五種，如下圖所示。

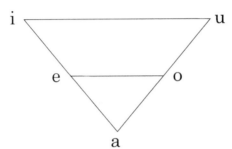

〔o〕(寫、帽)：〔ɔ〕(烏、某)分別分析爲 /o/：/ou/，仔細觀察會發現〔ɔ〕的發音接近〔ɔu̯〕，但因〔u〕極爲微弱，所以很不容易聽出來(汕頭話的發音是〔ɔu̯〕，相當清楚)。爲什麼〔ɔu̯〕的主音〔ɔ〕比〔o〕開口度大，這是因爲它是以 /-u̯/ 爲副音的漸弱複元音，所以響度有加大的傾向。

因此，台灣的元音體系和廈門話不同之處，在於 /ə/ 的有無，而泉州話則有 /ə/。

遺憾的是，泉州話沒有適當的資料提供人 (informant)，無法詳細研究。根據現有的紀錄，其體系似乎可分析如下：

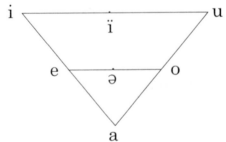

/i/ 見於「去、汝、箸……」等字。有這個元音的字，漳州話發音爲 /i/，廈門話發音爲 /u/(限於文言音。白話音爲 /i/)。/ə/

見於「火、果、吹、飛……」等字(漢字下劃有橫線者,代表白話音)。漳州話發音為 /ue/,廈門話發音為〔e〕。泉州話的〔ə〕不可能和台灣話的〔ə〕毫無關係。

複元音 *(dipthong, tripthong)*

複元音指兩個以上的元音結合成一個音節而言。同一音節內的元音可以分為音節主音和音節副音。

/ai/　〔ai͜〕　哀、台　　/au/　〔au͜〕　歐、兜
/iu/　〔i͜u〕　憂、抽　　/ui/　〔u͜i〕　胃、追

這些是 > 型「下降複元音」,前面的是主音。(〔⌒〕表示副音)

/ia/　〔i͜a〕　也、爹　　/ua/　〔u͜a〕　瓦、掛
/io/　〔i͜ə〕　腰、釣　　/ue/　〔u͜e〕　猥、兌

這些是 < 型「上升複元音」,後面的是主音。

/iau/〔i͜au͜〕天、朝　　/uai/〔u͜ai͜〕歪、快

這些是 <> 型「升降複元音」,中間的是主音。

廈門話和台灣話不同之處只在於:〔i͜ə〕變成〔i͜o〕。
主音之前的副音是介音(介母),主音之後的副音是尾輔音(韻尾)。

尾輔音有鼻音韻尾 /-m、-n、-ng/ 的韻母

共有下面十二種：

/am/	〔am〕	庵、貪	/an/	〔an〕	安、丹
/ang/	〔aŋ〕	汪、邦	/ong/	〔oŋ〕	翁、同
/iam/	〔i̯am〕	炎、點	/ian/	〔en〕	煙、天
/iang/	〔i̯aŋ〕	央、彰	/iong/	〔i̯oŋ〕	央、中
/im/	〔im〕	音、深	/in/	〔in〕	因、鎮
/ing/	〔iəŋ〕	英、燈			
/uan/	〔u̯an〕	灣、端	/un/	〔un〕	允、吞

另外還有幾乎已經消失的 /om/〔om〕、/uang/〔u̯aŋ〕。

/iang/ 在漳州話系統屬於文言音，在屬於泉州話系統的台灣話，則屬於白話音，被打入「冷宮」。文言音和白話音的關係將另行詳述。

〔en〕分析為 /ian/，乃因從整個語音體系來看，這樣比較適當，北京話也有與此相似的韻母，但發音為〔iɛn〕。

〔iəŋ〕的〔ə〕並非主要元音，只是過渡音 (glide)，所以分析成 /ing/。筆者認為教會羅馬字把它拼成 eng 並不恰當。

/m/〔m̩〕、/ng/〔ŋ̩〕是自成音節的子音，如上一講所述，羅常培稱為「聲化韻」。它只見於白話音。吳語、廣東方言、客家方言也有這個音。

關於聲化韻，還有另一種分析法。那就是把〔m〕分析為 /əm/，把〔ŋ〕分析為 /əng/。

鼻元音有下面四種

/aN/	〔ã〕	餡、擔		/eN/	〔ẽ〕	嬰
/iN/	〔ĩ〕	圓、甜		/oN/	〔õ〕	惡、火

其中 /eN/ 在漳州系統甚佔優勢，在泉州系統的台灣話則有和 /iN/ 合併的趨勢，董同龢甚至於不承認它的存在。

法語、葡萄牙語以有鼻元音聞名，中國話的閩南方言有鼻元音也很有名。

以上四種鼻元音進一步形成下面七種鼻化韻母

/aiN/	〔ãi〕	宰、歹	/auN/	〔ãu〕	好
/iaN/	〔iã〕	影、鼎	/iauN/	〔iãu〕	
/iuN/	〔iũ〕	羊、張			
/uaN/	〔uã〕	鞍、單	/uaiN/	〔ũãĩ〕	縣、橫

/-N/ 用來表示鼻化音位，亦可利用於正字法。

/iuN/ 在漳州系統發音成 /ioN/〔iõ〕。

台灣話有鼻輔音 /m-、n-、ng-/ 的音節，連韻母都有鼻化的傾向。馬〔mã〕、耐〔nãi〕、吳〔ŋõ〕……。但它們可以分析成 /ma/、/nai/、/ngo/。因為另外並沒有 /mã/ 和 /ma/ 形成對立。

鼻化韻母原則上見於白話音。文言音帶有這種鼻化韻母的基本漢字有惡 /'oN⁴/，火、夥、好 /hoN³/，貨、耗、好 /hoN⁴/，

易、異、肄、隸 /'iN⁵/，宰、戴 /caiN³/，他 /thaN¹/ 等等。有很多字的「又音」爲非鼻化韻母（易、異 /'i/，他 /tha¹/）。爲何有這種現象，一時難以說明。

中國聲韻學習慣把有 /-φ、-i、-u/ 韻尾的韻母稱爲「陰韻」，把有 /-m、-n、-ng/ 韻尾的韻母稱爲「陽韻」，記下來會很方便。

陰韻原則上配入聲 /-ʔ/（ʔ），
陽韻配入聲 /-p、-t、-k/

台灣話（閩南方言）有 /-ʔ、-p、-t、-k/ 四種入聲，是一大特徵。北京話沒有入聲（派入平、上、去三聲），吳語只有 /-ʔ/，閩北方言（福州話）有 /-k、-ʔ/ 兩種，廣東方言和客家方言有 /-p、-t、-k/ 三種。

/-ʔ/ 原則上只出現於白話音。例如「甲」/kap/：/kaʔ/，「石」/sik/：/ciɔʔ/，「血」/hiat/：/huiʔ/（前者爲文言音，後者爲白話音。以下均同）。一般認爲 /-ʔ/ 來自 /-p、-t、-k/，但問題並非如此單純。

南方三大方言有 /-p、-t、-k/ 三種入聲（其實閩南方言加上 /-ʔ/ 共有4種）——這是最通行的說法。下面介紹另一種說法。那就是認爲入聲只有 /-ʔ/ 一種。本來聲調是附加於成段音位 (segmental phoneme or primary phoneme)IMVF 之上的上加音位 (super-segmental phoneme or secondary phoneme)，特徵在於平、上、去三聲「緩而長」，入聲「短而促」。因此入聲可以用 /-ʔ/ 表示，也就是分析成 /-φʔ/、/-iʔ/、/-uʔ/、/-mʔ/、/-nʔ/、

/-ng ʔ /。其中 /-m ʔ /、/-n ʔ /、/-ng ʔ / 實際的發音通常為內破音〔-p〕、〔-t〕、〔-k〕，但聲化韻的場合，像 /hm ʔ /〔hm ʔ〕(象聲詞。用鐵錘之類敲打)、/hng ʔ /〔hŋ ʔ〕(嗯)、/'ng ʔ /〔'ŋ ʔ〕(象聲詞。大人誘使嬰兒排便時所發的聲音)則另當別論。

韻母各種標寫法對照表

音　　值	音　　位	教會式	台語式	周辨明式	羅常培式	第一式	第二式	十五音
〔a〕	/a/	a	b	a	b	b	a	嘉，膠
aị	ai	ai	ai	ai	ai	ai	ai	皆
aụ	au	au	au	au	au	au	au	交
am	au	am	am	am	am	am	am	甘
an	an	an	an	an	an	an	an	干
aŋ	ang	ang	ang	ang	ang	ang	ang	江
e	e	e	e	e	e	e	e	稽，伽
o	o·	ou	o	o	o	o	o	沽
oŋ	ong	ong	ong	ong	ong	ong	ong	公
ə	ə	o	o	o	o	ə	ou	高
ã	aN	aⁿ	av	aⁿ	añ	ah	aN	監
ãị	aiN	aiⁿ	aiv	aiⁿ	aiñ	aih	aiN	閒
ãụ	auN	auⁿ	auv	auⁿ	auñ	auh	auN	爻
ẽ	eN	eⁿ	ev	eⁿ	eñ	eh	eN	更
õ	oN	oⁿ	ouv	oⁿ	oñ	oh	oN	姑、扛
i	i	i	i	i	i	i	i	居
ịa	ia	ia	ia	ia	ia	ia	ia	迦
ịaụ	iau	iau	iau	iau	iau	iau	iau	嬌
ịə	io	io	io	io	io	io	io	茄
ịu	iu	iu	iu	iu	ou	iu	iu	ㄐ兼
ịam	iam	iam	iam	iam	iam	iam	iam	兼
en	ian	ian	ian	ian	ian	ian	iàn	堅

iaŋ	iang	iang	iang	iang	iang	iang	iang	姜
ioŋ	ong	iong	iong	iong	iong	iong	iong	恭
im	im	im	im	im	im	im	im	金
in	in	in	in	in	in	in	in	巾
iəŋ	ing	eng	ieng	eng	ieng	ing	ing	經
ĩ	iN	iⁿ	iv	iⁿ	iñ	ih	iN	梔
iã	iaN	iaⁿ	iav	iaⁿ	iañ	iah	iaN	驚
iãũ	iauN	iauⁿ	iauv	iauⁿ	iauñ	iauh	iauN	鳴
iũ	iuN	iuⁿ	iuv	iuⁿ	iouñ	iuh	iuN	牛
u	u	u	u	u	u	u	u	艍
ua	ua	oa	ua	oa	ua	ua	ua	瓜
uai	uai	oai	uai	oai	uai	uai	uai	乖
ue	ue	oe	ue	oe	ue	ue	ue	檜
ui	ui	ui	ui	ui	ui	ui	ui	規
uan	uan	oan	uan	oan	uan	uan	uan	觀
un	un	un	un	un	un	un	un	君
uã	uaN	oaⁿ	uav	oaⁿ	uañ	uah	uaN	官
uãĩ	uaiN	oaiⁿ	uaiv	oaiⁿ	uaiñ	uaih	uaiN	閂
m	m	m	m	m	m	m	m	姆
ŋ	ng	ng	ng	ng	ng	əng	ng	裈,鋼

（為免煩瑣，省略入聲韻母）

各式不同之處的重點說明

由上表可知周辨明式完全沿襲教會式。

鼻化韻母的標寫法各式不同，令人傷透腦筋。教會式在右上角加上小 n 字。好懂是好懂，但打字機沒有這個字鍵，印刷和手寫都不方便。羅常培式則用普通的 n，上面加上波浪記號。不但要費兩道手腳，而且打字機也沒有波浪記號。台語式用 V 表

示，不知用意何在。就這一點來說，第一式出於同樣的構想。正如前一講所述，筆者只是將習慣用來表示變音的 h 在這裏利用一下而已。第二式所用的大寫字母 N，是受到服部四郎博士用它來標寫日語「ン」音的啓示。如係手寫，可以採用在主要元音之上附加波浪記號的權宜辦法。

/o/：/ə/(/ou/：/o/)的正字法也是棘手的問題。教會式和羅常培式用′來區別(但二者用法相反)，並非上策。′既容易遺漏，也很麻煩。第一式直接用 ə 表示，但評語不佳。第二式受到廈門話音位分析的啓示，採用 ou：o，和台語式只是偶然一致。/ong/ 照理應拚爲 /oung/，因爲不會和其他音混淆，可以只拼成 ong。

/-u/ 教會式都寫成 o，還是改爲 u 較佳(「界音法」容後討論)。

《十五音》依據五十韻母本，但籤 /om/、拼 /ioN/、光 /uang/、糜 /ue/ 等韻母除外。

/a/ 配「嘉」〔ɛ〕和「膠」〔a〕，/e/ 配「稽」〔e〕和「伽」〔e〕，/oN/ 配「姑」〔ɔ〕和「扛」〔õ〕，/ŋ/ 配「秧」/uiN/ 和「鋼」〔ŋ〕，重複出現，這是因爲當時(約150年前)還截然畫分的這些漳州話的韻母，現在已經合而爲一的緣故。

羅馬字拼寫法的補充說明

筆者一向主張：要把台灣話完完全全標寫出來，只有靠羅馬字。用漢字有什麼缺點，將另闢一講詳加討論。

用羅馬字拼寫，必然會發生詞兒連寫的問題。因為羅馬字不像漢字那樣能一大串連續書寫。因此就有人提倡「一個詞連續拼寫，詞和詞之間分開拼寫」的規則，這個規則看起來合理而簡單明瞭，實際上會遭遇到許多麻煩瑣碎的情況。

一九三六年五月，廈門新文字研究會出版《廈門話拉丁化草案及其他》，提出一套試行方案，是這方面最初的嘗試。其中規定：①獨立詞，jit-thau 日頭(太陽)，o-lo 讚美(稱讚)；②成語，khi-iu-chhu-li 豈有此理，ho-tau-niau-chhu-be 虎頭貓鼠尾(虎頭蛇尾)；③接辭，e^n-a 嬰仔(嬰兒)，toh-teng 桌頂(桌上)；④助詞、陪伴詞、後置助動詞、語氣詞，li-e 汝兮(你的)，nng-ki-pit 兩枝筆(兩枝筆)，liah-tioh 搦着(抓到)，goa-la 我啦(我啊)，要連著寫(因此其他的都分開寫)(以上羅馬字用教會式標寫)。總之，應該提出各種試行方案，進行實驗。一九三一年出現拉丁化新文字運動以來，有關北京話詞兒連寫的問題就由學者進行研究，但似乎尚無定論。北京話的詞兒連寫照樣適用於台灣話，因此必須不斷注意其動向。

北京話的「界音法」已經定案，台灣話也必須趕快決定

「界音法」就是複音詞包含以 /'/ 〔ㄓ〕起頭的音節時，如何標示 /'/ 才能合理而且視覺上富於變化的問題。所以 keng-chio 芎蕉(香蕉，亦稱 kin-chio 芹蕉)，phah-sng 拍算(打算)之類的場合，並無問題。

　　而且如果 /ˊ/ 都可以用ʼ標示，問題即可迎刃而解(但第一音節的ʼ予以省略，以免繁瑣)。例如 iʼa 椅仔(椅子)，kimʼe 金兮(金的)，Taiʼuan 台灣，souʼi 所以。

　　但ʼ也有缺點，那就是寫得順手時，為了加上ʼ，必須停頓一下。筆勢必須停頓，所以效率不夠，看起來也很礙眼。因此可以考慮利用二十四個字母中閒置未用的字母。北京話的拼寫法，例如 yi(-i)、ya(-ia)、ye(-ie)、yao(-iao)、you(-iu)、yan(-ian)、yin(-in)、ying(-ing)、yong(-iong)、wu(-u)、wa(-ua)、wo(-uo)、wai(-uai)、wei(-ui)、wan(-uan)、wen、wang(-uang)、weng；yu(-ü)、yue(-üe)、yuan(-üan)、yun(-ün)，也採用 y 和 w。《台灣青年》的羅馬字 Taiwan「台灣」也是把 u 改拼為 w。台灣話有 u- 的九個韻母，可以拼成 wu(-u)、wa(-ua)、wai(-uai)、we(-ue)、wui(-ui)、wan(-uan)、wun(-un)、waN(-uaN)、waiN(-uaiN)。

　　有 i- 的十六個韻母可以拼成 ji(-i)、ja(-ia)、jau(-iau)、jo(-io)、jiu(-iu)、jam(-iam)、jan(-ian)、jang(-iang)、jung(-iung)、jim(-im)、jin(-in)、jing(-ing)、jiN(-iN)、jaN(-iaN)、jauN(-iauN)、jiuN(-iuN)。

　　北京話起初也用 j，後來因為 j 用於〔tɕ〕，就改用 y。

　　韻母 a-，o- 以ʼ- 標示。韻母 e- 有兩種方法可以採用，一是以ʼ- 的方式拼寫，另一是利用 j，也就是拼寫成 je(-e)、jeN(-eN)。

　　教會羅馬字沒有詞兒連寫和「界音法」方面的問題，以後另闢一講討論。

台灣話的語音體系 (Ⅲ)

台灣話有幾種聲調?

　　大概有很多人無法立刻回答這個問題。既然會說台灣話,就應該能夠區分數種不同的聲調,對複雜的變調(詳後)也能運用自如,但往往因經驗上的知識沒有經過整理成為體系,所以無法提出明確的回答。

　　稍有學問的人通常會自信滿滿地回答說:有八聲。這是因為台灣人在「書學仔」(Su'o'a)跟老師學習聲調時,先畫一個 □,從左下角開始依次為陰平 ⊏□東,陰上 ⊏□黨,陰去 □⊐ 棟,陰入 □⊐ 督,轉一圈後回到原來位置,重新轉一圈,依次為陽平 ⊏□同,陽上 ⊏□黨,陽去 □⊐洞、陽入 □⊐ 毒,總共繞了八個拐角,就認為有八聲。其實陰上和陽上完全相同,上聲不分陰陽。根據一九五四年夏天筆者在東京大學理工研究所實驗所得的波形圖 (oscillogram),可以圖示如下:

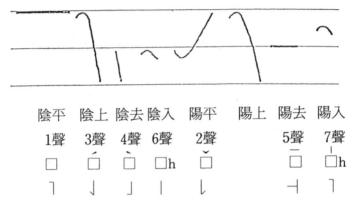

陰平	陰上	陰去	陰入	陽平	陽上	陽去	陽入
1聲	3聲	4聲	6聲	2聲		5聲	7聲
□	□́	□̀	□h	□̌		□̄	□̄h
˥	˩	˩	˥	˩		˦	˥

　陰上和陽上確實相同，由此可知有七個聲調是不可否認的事實。

陰調、陽調是中國傳統的術語，台灣（福建）稱爲上調、下調

　普通的稱呼是上平、上上、下去、下入等等。

　陰平是高平稍長。和北京話的第一聲大致相同。「伊」i、「公」kong。

　上聲開頭的高度和陰平大致相同，然後驟然降低約一個音階。和北京話的第四聲大致相同。「椅」í、「講」kóng。

　陰去開頭高度約爲中高，然後下降，坡度很小。「意」ì、「貢」kòng。

　陰入開頭的高度約爲中高，然後陡降。入聲韻尾爲 /-p、-

t、–k、–ʔ/，在音節的形式上和其他聲調也有區別。「滴」tih、「國」kok。

陽平開頭的高度約爲中高，然後一面放鬆，一面上升到陰平的高度。這是唯一的上升調，很有特色。但它的上升不像北京話的第二聲那麼陡，鬆弛的程度也不如北京話第三聲之甚。「姨」î、「狂」kông。

陽去是中高平板，稍長。「爲」ī、「鳳」hōng。

陽入是以中間偏高開頭，然後陡然下降。「舌」chi̍h、「伏」ho̍k。

大家都知道，北京話在習慣上把陰平叫做一聲，把陽平叫做二聲，把上聲叫做三聲，把去聲叫做四聲。台灣話還沒有稱呼爲一聲、二聲、三聲的習慣。周辨明稱呼陰平爲一聲，上聲爲二聲，陰去爲三聲，陰入爲四聲，陽平爲五聲，陽去爲七聲，陽入爲八聲，而六聲從缺。這也是一個辦法。另一個辦法是稱呼陰平爲一聲，陽平爲二聲，上聲爲三聲，陰去爲五聲，陽去爲六聲，陰入爲七聲，陽入爲八聲，而四聲從缺，這個辦法符合中國科學院語言研究所編：《方言調查字表》(科學出版社，1955年)的宗旨。

上面所用的聲調符號沿襲教會羅馬字。加在拼音之上的簡易符號大概都派上用場。其中可以發現爲了加以區別所付出的努力，令人感動。北京話採用直覺式符號 ⎺□、´□、ˇ□、`□、□(輕聲，詳見後述)，一目瞭然，令人羨慕之至。

筆者在第一式(《台灣語常用語彙》所採用的體系)試行採用直覺式符號，以 ⎺□ 標陰平，以 ˊ□ 標陰上，以 □ 標陰去，以 □ʔ 標

陰入，以 ⊓ 標陽平，以 ⊔ 標陽去，以 ⊔2標陽入（現在很後悔，覺得陰入和陽入應該對調），但聲調符號標示於字母的上下兩方，實際上缺乏美觀，而且寫起來不方便。

　　教會羅馬字對輕聲並未深入考慮。例如 Siú Góa Kài-bēng--e「守我戒命兮」用兩個短連字符來標示輕聲。筆者認為不妨以 ⊓ 標示。

　　⊓⊓ 之類稱為調號 (tone letter)，並非表示實際的調值，而是經過音韻學的分析。例如陰去實際上是 ↓，但分析為 」。這樣分析之後，台灣話的聲調體系如下圖所示，極為勻整：

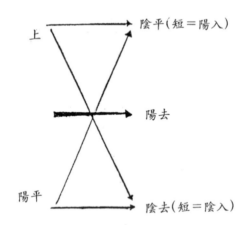

實用的聲調符號應採直覺符號或數字式

　　可能的話不加調號，但不加調號是否可行？有一部分並非辦不到。那就是儘量使用複音詞。例如讀者看到 iseng 這個拼音（完全不懂台灣話的外國人姑且不論），究竟會怎麼唸？它應該只能唸

成陰平＋陰平「醫生」。之所以說「應該」，是因為收錄九萬多詞彙的台灣總督府編：《台日大辭典》(1931年)，除了 isêng「已成」(文言)外，沒有其他拼音相同的詞。如果是三音節或四音節的詞，則一個詞只有一種拼法的傾向當然更強。

behlengsi 只有陽入＋陽去＋陰平「白鴒鷥」(白鷺鷥)一詞，ko·butjichiong 只有陰平＋陰入＋陽平＋陰平「姑不而終」(不得已)一詞。不必使用麻煩的聲調符號。

這麼說來，好像問題已經解決。事實上，屬於基本詞彙，使用頻率高的詞語多為單音詞，而且有很多同音異義詞，這是致命傷。

例如 kau，有下面許多同音詞，必須加上聲調符號來區別。

陰平　　鉤、溝、郊、交

陽平　　猴

上聲　　九、狗

陰去　　敎、到

陽去　　厚

像陰平，不折不扣的同音詞有四個之多，最為棘手。令人懊惱的是，抨擊羅馬字的人看準這一點，拍手叫好。不過如果在這些詞後面加上名詞詞尾 á 仔，情形又將如何？kau-á 鉤仔、溝仔沒問題，但不可能有「郊仔」、「交仔」。所以 kau-á 的同音異義詞只有兩個。那麼，可以從上下文來判斷哪一個是「鉤仔」，哪一個是「溝仔」。抨擊羅馬字的人一定會再接再厲說：那豈不像猜謎？這就要請對方高抬貴手了。如果對方越攻擊越起勁，就只好反擊說：穿新皮鞋發出的聲音，漢字怎麼寫？寫成「嗦嗦卌

冊」根本看不懂。寫成 Siⁿh-siⁿh-soaiⁿ-soaiⁿ 如何？「鼈」寫成漢字有二十五劃，很花時間，不能寫成 pih 嗎？

言歸正傳。關於調號的處理，必須多方實驗，設計出合理的體系。筆者認為以前國語羅馬字採用的 tonal spelling，把聲調納入拼音字母裏面，反而繁瑣不宜。羅常培式就是如此，把音節主音拼成下面的方式，以區別聲調。

	陰平	陽平	上	陰去	陽去
a	a	ar	aa	ah	arh
i	i	yi	ii	ih	yih
u	u	wu	uu	uh	wuh

台灣話的輕聲

輕聲通常指發音又短又弱，不像其他音節那樣有基本聲調型式的音節而言。同樣是輕聲，北京話和台灣話卻有所不同。

北京話的輕聲，音高不一定，主要受前一個音節的聲調影響，但台灣話的輕聲，音高一定，大致上介於陰去和陰入之間，長度比陰去短，比入聲略長。

台灣話的輕聲出現於下列情況：

①大部分的語氣詞，本來就是輕聲(⁰代表輕聲)。

　　goa³ la⁰　　<u>我啦</u>　　（是我啊！）

　　tse⁵ le⁰　　<u>坐咧</u>　　（坐著！）

②大部分的助動詞。這是喪失本來的聲調的結果。

　　chiọⁿ⁵ lai²⁰　　　<u>上來</u>

　　thiau⁴ lo⁷⁰ khi⁴⁰　<u>跳落去</u>　　（跳下去）

③部分詞語的最後一個音節。北京話有很多此種詞語，台灣話則很少。

$$
\begin{cases}
\text{au}^{54}\ \text{jit}^{7} & \underline{後日} & （以後）\\
\text{au}^{5}\ \text{jit}^{70} & \underline{後日} & （後天）
\end{cases}
$$

$$
\begin{cases}
\text{koa}^{n15}\ \text{lang}^{2} & \underline{官人} & （客官）\\
\text{koa}^{n}\ \text{lang}^{0} & \underline{官人} & （做官的）
\end{cases}
$$

$$
\begin{cases}
\text{chia}^{n15}\ \text{geh}^{7} & \underline{正月} & （新年）\\
\text{chia}^{n1}\ \text{geh}^{70} & \underline{正月} & （一月）
\end{cases}
$$

（右上角的數字，例如 ^{54} 代表從五聲變爲四聲。「變調規則」詳見下述）

構詞要素（詞素 morpheme）和變調

知道詞素的聲調，未必就能發出整個詞的正確發音。這是因爲台灣話有極爲複雜而又有趣的「變調規則」，如果不能完全掌握，就無法說得很流暢。

讀者大概知道北京話有「三聲＋三聲 → 二聲＋三聲」以及「不、一、七、八」隨後面所接音節的聲調而改變本來聲調之類的規則。台灣話的「變調規則」可以說與此類似，不過適用的範圍極廣。換言之，最後一個音節(如係輕聲，則爲其前一個音節)保持本調，前面的音節則發生下面的變調：

一聲 （陰平）	二聲 （陽平）	三聲 （上）	四聲 （陰去）	五聲 （陽去）	六聲 （陰入）	七聲 （陽入）
∨	∨	∨	∨	∨	∨	∨
五聲 （陽去）	一聲 （陰平）	三聲 （上）	四聲 （陰去）	七聲 （陽入）	六聲 （陰入）	

例句：

$hoŋ^{15}$ chhe^1　　　風吹　　（風箏）

put^{67} tek^{67} i^3　　　不得已

toa^5 bu^{31} si^{43} ke^4　大滿四過　（到處）

「變調規則」有例外，但例外又自成規則。那就是「喉塞音的變調規則」，換言之，–h 入聲變調時，–h 本身會消失。

六聲	七聲
（陰入）	（陽入）
∨	∨
三聲	四聲
（上）	（陰去）

kheh^{63} kuan^3　　　　　客館　　　（客棧）

chiah^{74} png^{54} keng^1　　食飯間　　（飯廳）

台灣話的形容詞有許多重疊的用法。疊用兩次時，具有「更～」的意思，變調時按照上述的規則，沒有什麼問題。但疊用三次時，就變成形容詞的最大級「極～，非常～」的意思，而且有獨特的變調，即所謂「強調的變調」。

ho^{31} ho^{31} ho^3		好好好	（非常好）
chia^{n43} chia^{n43} chia^{n4}		<u>正正正</u>	（非常正確）
phang^{12} phang^{15} phang^1		<u>芳芳芳</u>	（非常香）
teng^{52} teng^{54} teng^5		定定定	（非常硬）
jioh^{72} jioh^{74} jioh^7		<u>弱弱弱</u>	（非常弱）

上面各例的最後一個音節，保持原來的聲調和長度。中間的音節發生有規則的變化，發音最短；第一個音節發音稍長，有兩

種變調。橫線上欄照變調規則變調，下欄則全變爲二聲。理由大概是二聲爲唯一的全升調，容易給談話對方留下強烈的印象。

變化後的聲調，嚴密觀察之下，未必和本調完全一致。恰如北京話三聲＋三聲 → 二聲＋三聲，只是大略一致。

以上的現象也可以稱爲聲調的同化 (assimilation)。總而言之，這是以最後一個音節爲核心音節，各個音節保持流暢的抑揚，形成一個羣體的傾向。

形成羣體的傾向非僅止於詞，在詞的結合體（可稱爲「子句」）和句子中也能發現

例如：

Pun^{31} hoe^5 ｜ e^{25} hoe^{54} tiu^{n3} ｜ tsa^{54} hng^1 ｜
本　　會　　分　會　長　　昨　　昏

lai^{25} pe^{43} sia^4 ｜ kio^{43} goa^{31} e^{25} hng^1 ｜
來　敝　舍　　叫　我　下　昏

tioh^{74} kong tam^{54} poh^{74} iu^{31} ek^6 ｜
着　　講　　淡　薄　有　益

e^{25} tai^{54} chi^4 ｜ ho·^{54} lin liat^{76} ui^5 ｜
分　事　志　　附　您　列　位

thia^{n1} ｜ tsong^3 si^{50} ｜ lin^{31} so·^{31} tsai^1 ｜
聽　　總　是　　您　所　知

goan^{31} chit^{67} pan^{54} lang^2 ｜ na^{31} u^{54}
阮　　這　辦　　人　　那　有

thang¹⁵ si^{n15} iu³¹ ek⁶ ｜ e²⁵ oe⁵ ｜ thang¹⁵

　　通　　生　　有　　益　　兮　話　　　通

ka⁵⁴ lin³¹ kong³

　　共　　您　　講

這是岩崎敬太郎著:《新撰日台言語集》(日台言語集發行所，1913年)中的一段演講，用｜畫分的是所謂「聲調羣」，我們可以指出許多引人注目的現象。

①e²「兮」是表示確認的助詞，相當於北京話的「的」，聲調羣的段落一定位於其前面。ang²｜e²⁵ hoe¹ 紅兮花(紅的花)，boe³｜e²⁵ chheh⁶ 買兮册(買的書)亦同。它說明了 e² 有輕聲化的傾向。

②代名詞本身不形成聲調羣。把 ka⁵⁴ lin³¹ kong³ 共您講和 ka⁵⁴ si⁵⁴ toa⁵⁴ lang²｜kong³ 共序大人講(向父母親等長輩說)比較一下，即能明瞭。這是因為代名詞的詞義「空虛」的緣故。

③主語和述語幾乎一定(代名詞為主語時例外)分屬不同的聲調羣。試比較 hong¹｜chhe¹ 風吹(風吹)，和 hong¹⁵ chhe¹ 風吹(風箏)，chhui⁴｜sui³ 嘴水(嘴巴漂亮)和 chhui⁴³ sui³ 嘴水(嘴甜)。

④動詞＋客語(補語)形成一個聲調羣，「來敝舍」「講淡薄有益兮事志」即是。

⑤聲調羣的段落位置如不同，有時意思就完全不同，這和輕聲也有關係。

$\begin{cases} bo^{25}\ khi^4 \\ bo^2 \ |\ khi^{40} \end{cases}$　　　　無去　　　(沒去)

　　　　　　　　　　　　　　無去　　　(沒了)

$\begin{cases} u^{54}\ ia^{n31}\ bo^2 \end{cases}$　　　有影無　　(真的沒有)

$\lfloor$ u^{54} ia^{n3} $\vert$ bo^{20}	有影無	（真的嗎？）
$\lceil$ beh^6 $\vert$ kong^{31} m^5	覓講唔	（要卻說不要）
$\lfloor$ beh^{63} kong^3 $\vert$ m^{50}	覓講唔	（說不說？）
$\lceil$ hak^{76} seng^1 $\vert$ si^{54} m^5	學生是唔	（學生不要）
$\lfloor$ hak^{76} seng^1 si^5 $\vert$ m^{50}	學生是唔	（學生嗎？）

　　輕聲的「去」是助動詞，輕聲的「無」（唔）是疑問語氣詞（暫稱）。

　　⑥「聲調羣」到底意味著什麼？首先，它並非所謂因為呼氣無法持續而暫時停頓的呼氣段落 (breath-group)。呼氣段落比普通的聲調長，包含幾個聲調羣，但有時也在聲調羣的中間停頓。其次它也不是特別加強最後一個核心音節的發音，以便和其他對比，獲得音樂上的效果。

　　讓筆者先下個結論──它是民眾所把握的文法單位，也是語言學家由此登堂入室，建入完整文法體系的第一個踏腳石。聲調羣在其他中國各方言中應該都能發現，雖然有的方言很明顯，有的方言不明顯。但還沒有人建立有效加以活用的文法體系。

　　馬建忠(1845〜1899)在一八九三年所著的《馬氏文通》，奠定了現代中國文法體系的基礎，評價極高，但它只是拉丁文法的翻譯。有名的黎錦熙(1890生)的《新著國語文法》(1924年)，本質上是模倣西方的文法。台灣話有陳輝龍的《台灣語法》(1934年)，但它只是日本文法粗製濫造的翻譯。李獻璋的《福建語法序說》(1950年)則是把黎錦熙文法套用於福建話。

　　各位讀者當中，有沒有人願意從事這方面的研究？

非基督教徒也應該懂教會羅馬字

前面的〈台灣話的語音體系〉三講中，對教會羅馬字曾順便加以介紹，這一講和下一講將就教會羅馬字的其他方面試做說明。

教會羅馬字主要用於教會方面，沒有機會出入教會的人以及非基督教徒，對它並不熟悉。不過，只要是台灣人，就有必要知其大概。因為教會羅馬字和基督教教義互不相干，但和過去、現在以及將來的台灣文化的發展則有密不可分的關係。

筆者不是基督教，在台灣就知道有教會羅馬字，當時由於個人對部分基督徒抱有反感，厭屋及烏，對教會羅馬字不屑一顧。

用漢字標寫台灣話的缺點

終戰後不久，筆者曾受台南市學生聯盟之託，寫過「遊藝

會」所用的劇本。當時筆者採用「歌仔冊」(Koa-á chheh) 那一套漢字。如果能把原作展現於讀者面前，一定很有意思，可惜筆者手中已無。大致的用法是這樣的：

朋友兄弟來即最　　　聽我念歌眞笑科

八月十五觀月會　　　對者起點做問題

公園男女如葱葱　　　專是維新樂暢人

有個自動坐塊送　　　有個行甲腫腳同

（嘉義、玉珍漢書部：〈勸世因果世間開化歌〉，1934年7月22日發行）

　　各位讀者是否能完全按照作者的原意把它唸出來？它的唸法是這樣的：

Pêng-iu hiaⁿ-ti lâi chiah tsoē，①

thiaⁿ goá liām koa chin chhiò-ke，②

Peh-gėh-tsàp-gō͘ koan-gėh-hē

túi chia③ khi-tiám tsoè būn-toê，

Kong-hn̂g lâm-jú jû chháng-chháng，④

tsoan-sī î-sin lȯk-thiòng lâng，⑤

ū ê tsū-tōng tsē teh sàng，⑥

ū ê kiâⁿ kah chéng kha-tâng，⑦

　　①這麼多

　　②滑稽

　　③從這裏

　　④擁擠不堪

　　⑤時髦的人

　　⑥汽車載送

　　⑦走得兩腳發踵

　　用漢字標寫台灣話，必須運用訓讀、音讀、假借字、俗字等各種手段。作者之間並無固定的約定，而是想到什麼就寫什麼，各行其是。讀者多多少少必須知道漢字的發音和意思，而在押韻對仗的幫助下，才能夠勉強把握作者意圖表達的發音和意思。這樣當然會受到重視純粹性，只想從漢字當中汲取聖人心意的知識份子的唾棄(家父曾叱責筆者收集「歌仔冊」是王家子弟不應有的行為)。而不識之無的民眾，則看不懂這些特別以自己為對象寫出來的通俗作品。「歌仔冊」只成為說書人說書的底本，未能普及於一般民眾之間，理由即在於此。

　　由於筆者是原作者兼導演，所以能夠把自己的劇本唸給表演的學生聽，也能夠就微妙的情感加以指示。但他們都必須用日本的假名，在漢字旁一一標明發音。所以他們的發音都變成日本腔調(chhàu-ni-tai「臭乳獃」)、怪裏怪氣的台灣話，令人啼笑皆非。

　　劇本上演後，出乎意料之外，佳評如潮。有一家書店表示想出版，筆者予以拒絕。因為筆者認為如果讓讀者隨便發音，則煞費苦心的台詞會受到蹧踏。

　　當時如果筆者精通教會羅馬字，一定會採用教會羅馬字。不曉得是幸或不幸，筆者由於上述理由，一開始就討厭教會羅馬字，所以才能夠在用漢字標寫台灣話這一方面煞費苦心，獲得許多寶貴的經驗。

教會羅馬字的價值和意義

教會羅馬字是筆者來到日本後自己學會的，沒有花費什麼精力。學過吳語的人，一、兩小時就能學會。筆者除進一步探討教會羅馬字體系的淵源，研究創始者的學問背景外，同時自行觀察鑽研台灣話的語音體系，把由此導出的理論正字法拿來和向來的體系比較，已經進入提出改良方案——第一式和第二式——的階段。

筆者認為台灣文化是否能進步，關鍵在於有沒有合理而且方便的正字法。絕大多數的台灣人，只有靠自己的母語——台灣話才能表達自己的思想。不管日本話、北京話或英語，畢竟都是外國話。使用外國話，只能通行於一部分通曉外國話的台灣人之間，而且也缺少說服力。

如能發明有效標寫台灣話的正字法，所有講台灣話的台灣人就能夠用它來表達自己的思想，也能夠閱讀別人的作品。台灣的報紙、雜誌等一般出版事業，當然也會發達。出版事業發達，教育就會更快速進步，民主政治將能夠在民眾之間生根牢固。

中共簡體字的旨趣

有效標寫台灣話的正字法，目前只有教會羅馬字一種。漢字這種「民族形式」，雖然仍讓許多人產生「鄉愁」，但不管台灣話起源如何，拿它來做為台灣話的正字法，弊多於利，就連北京話，許多不能算是正規漢字、奇形怪狀的簡體字，已經在中國大陸大量出籠。例如罢（罷）、仓（倉）、产（產）、厂（廠）、迟（遲）、

达(達)、歼(殲)、罗(羅)、胜(勝)、无(無)、业(業)……。整個趨勢是走上表音文字化。漢字之所以爲漢字，在於它是表意文字。如果只留下漢字外殼，變成表音文字，還不如改用純粹表音的羅馬字來得乾脆。北京話因爲漢字的發音已經有一套標準，這一招還要得出來，台灣話則幾乎不可能。那麼是否應該像國民政府那樣維護「民族的精華」？漢字複雜無比，而且不合效率，已經跟不上現代的步伐。毛筆加速變成廢物的過程，不就象徵漢字的命運？

改良教會羅馬字

教會羅馬字究竟是不是唯一有效的正字法？這是下一個必須探討的問題。筆者個人認爲，教會羅馬字的體系相當完美。因此不必完全棄而不用，另創新的體系(例如筆者的第一式)，只要改良其缺點即可。

因爲發明教會羅馬字的是英籍傳教士，他們不是語言學家。他們發明的教會羅馬字，不過將英語的正字法適度加以編排而已(〔tɕ、ts〕拼成 ch 即其典型例子)，似未採取「精密的語言觀察→理論的音位分析→ 實際的正字法」這個過程。筆者才疏學淺，但根據筆者現有的語言學知識，仍可指出不少缺陷(參閱〈台灣話的語音體系〉三講)。筆者願意向有識之士指出缺點所在，使其獲得改良，並希望將來予以推廣成爲台灣話的正字法，而非僅止於教會羅馬字而已。

兩位牧師

　　據最近來自台灣的基督教徒表示，台灣的基督教徒之間盛傳：日本有個男子很不得了，企圖研究改良教會羅馬字，這或許是因為拙著被介紹到台灣，或許是因為來日本旅行的牧師和筆者晤面後，把筆者所講的內容加以傳達的緣故。

　　關於筆者會晤的牧師，有一段很有意思的插曲，利用這個機會介紹一下。筆者問 A 牧師：「有關教會羅馬字的體系，您有何高見？例如送氣舌面音〔tɕ'〕和塞擦音〔ts'〕設定為 /chh/，不送氣的〔tɕ〕和〔ts〕分別設定為 /ch/ 和 /ts/，不是不統一嗎？〔ə〕設定為 /o/，〔o〕設定為 /o˙/，/˙/ 這個小記號不會不方便嗎？介母〔-u-〕設定為 /-o-/，不如設定為 /-u-/，不是比較單純嗎？」A 牧師勃然作色說：「教會羅馬字的權威和教會相同。我們怎能加以批判？豈有此理！」讓筆者沒有開口的餘地。

　　筆者當然失望之至，後來遇到 B 牧師，內心才獲得極大的安慰，他比 A 牧師年輕，又是知識份子。他聚精會神聽了筆者提出的問題後，向筆者打氣說：「您的意見和我以前深藏於內心的看法大致相同。我願意把您的修正案帶回台灣，和志同道合的人研究，可能的話就發起改良運動吧。」

　　當時的台灣政府禁止使用教會羅馬字，詳細的理由不明，大概是神經兮兮認為中國正推行拉丁化拼音字母，而台灣的教會羅馬字與此如出一轍。這簡直是滑天下之大稽，中國的拉丁化運動始於一九三〇年的北方話拉丁化運動，頂多只有三十年的歷史，教會羅馬字已經有一百三十年的歷史。後者才是鼻祖，中國不過是後輩中的後輩。

教會羅馬字當然不是政府一紙通令就能輕易禁止的。現在禁令已經名存實亡，利用教會羅馬字的出版事業反而盛況空前。當然它們幾乎都是基督教傳教用的書籍。雖然台灣禁止用教會羅馬字，筆者還是有機會獲知上述 A、B 兩位牧師的態度。筆者覺得教會羅馬字的力量在台灣已經牢不可破了。

教會羅馬字的精神

筆者對教會羅馬字不能滿意，除了有關正字法體系方面之外，還涉及教會羅馬字的宗旨。討論教會羅馬字宗旨的文章，連最初發明的人都沒寫過。但筆者仍能感覺出教會羅馬字的宗旨所在。直截了當地說，教會羅馬字不過是對漢字很忠實地加以注音的發音符號而已。

各位讀者是否發現，筆者在上一講所寫的「Guá wū khī Ta-pa-nî」（我有去嚦吧哖），和以往用教會羅馬字寫成的出版物有很大的不同。打開用教會羅馬字寫的書，觸目都是連字符，有如洪水氾濫。例如有名的馬太傳第四章「心內散窮的人有福氣，因為天國是恁的」這一段，向來寫成 Sim-lāi sòng-hiong ê lâng ū hok-khì，in-ūi thian-kok sī in ê。心內（內心）、散窮（貧窮）、福氣、因為、天國雖是雙音節，但都是一個詞，應該連著寫，實際上卻一個音節配一個漢字，如是兩個漢字，就用連字符把兩個音節連起來。為知兩個漢字只代表一個詞。中國話雖以單音詞為多，但複音詞也不少，前面已經說明過。可是，教會羅馬字卻是有三個音節的詞就用兩個連字符，四個音節的詞就用三個連字符。例如 Má-nî-lat（馬尼剌）、A-pek-liap-hán（阿伯拉

罕)。這顯然是受到漢字的影響,淪落爲漢字的奴隸,不是把語言當做語言來把握的態度。

教會羅馬字的苦衷

不過,仔細一想,教會羅馬字對漢字奉獻的精神,從發明當時的客觀形勢來看,是不得已的。下一講會詳加敍述,教會羅馬字發明於十九世紀中期,源流可以上溯至十六、十七世紀耶穌會一派對中國古典的翻譯,音韻、文法研究以及字典的編纂。當時的情況,從一七九三年乾隆皇帝接見英王喬治三世的貿易使節馬卡特尼 (Macartney) 時的聖諭可以想像:「我國各種產物應有盡有,毫不缺乏。故不必以本國產物爲交換物,輸入國外蠻夷所製之物。但英王旣表示忠誠,我們將會賞賜物品以爲回報。」傳教士屈服於漢字的權威,或故意擺出屈服的姿態,來發明使用教會羅馬字的苦衷,我們必須體諒。

不過,現在羅馬字和漢字已經脫離關係,邁向台灣話正字法獨立之路,必須忠實於台灣話的表達。連字符不但寫起來麻煩,也不美觀。廢除連字符,比拼音體系的改良簡單可行,但會產生所謂界音法(參閱第三講,頁33)的問題。教會羅馬字由於使用連字符而不必討論界音法,但即使界音法有煩雜的地方,比起連字符,不知道要好多少倍。

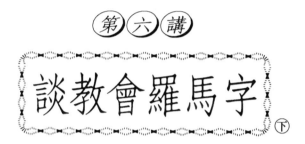

蔡培火三十年前的卓見

　　蔡培火 (Chhoà poê-hé) 現在雖已老耄（編案：已故），而且變成反動派，被譏爲「臭培火」(Chhàu poê-hé)，但年輕時也有過相當前進、講得頭頭是道的言論。

　　在台灣文化協會積極活動的時期，以及台灣話文 (Tâi-oân-oē-bûn) 引起激烈爭論的時期，蔡培火曾於一九二七年一月二日，在《台灣民報》發表〈我在文化運動所定之目標〉一文，其中提到：

　　　　我們今日要向絕大多數無業的男女同胞，宣傳文化，即便可以幫贊我們，做我們的路用，漢文和國語（指日語）都沒有資格。我想除非拿台灣話來當這個衝，以外別無方法……。同胞諸君，有甚麼可以解救台灣話這個欠點，有甚麼會將這個死死的台灣話，教

> 他們活動起來呵？有啦，有啦！那單單二十四個的羅
> 馬字，在我台灣現在的文化運動上，老實是勝過二十
> 四萬的天兵呵。請大家要看重他，要快快頂香接納他
> 才是。無論甚麼村夫村婦，若肯專心學習一個月久，
> 一定會精通熟練。不論甚麼音，甚麼新聞都可看得清
> 楚……。儞說便利不便利，儞說要緊不要緊呀……。

這是受大陸白話文運動影響，當時流行的台灣話書面語的形態，原則上當然必須當做台灣話來讀，不過就是當做北京話來讀，意思也通。

文章體裁的批評暫且不談，以前的蔡培火，現在的「臭培火」所說的內容不同凡響。利用羅馬字(「二十四個」這個數字的根據不詳)才能夠有完全的台灣話讀寫能力，也才能夠提高文化水平──這個說法是真知灼見。

不會台灣話並不可恥

台灣人不會說台灣話，這是台灣人可悲的命運。既然是命運，只好坦然承受。重要的是要努力擺脫這個可悲的命運。台灣人在學校沒有把台灣話當做正規的課程來學習，說不好也是理所當然的。

我們在呱呱落地後，就被迫過雙重語言、三重語言的生活。

「ㄌㄠ ㄨㄤ(老王)！lí(儞)<u>wa</u> pháiⁿ lâng(歹人)，boē sái(㑮會使)<u>ne</u>！」(老王！你是壞蛋，不行哪！──wa 和 ne 是日文)

就筆者現在的心情而言，反而覺得台灣人居然能抗拒日語和

北京話的沈重壓迫，沒有把台灣話忘得一乾二淨，非常佩服，而且抱著樂觀的看法，認爲將來台灣話一旦被定爲國語，施行旣科學又有系統的教育時，應該非常容易學習和普及。

過去和現在，教會羅馬字在台灣話的學習和普及上，發揮很大的作用。基督教徒台灣話說得比較流利，大概就是這個緣故。

福建地方以前就有通俗韻書《十五音》(Sip-ngó-im) 流佈其間。它是知道發音而不知道漢字怎麼寫時，用來查漢字的字典，不是教語言本身的教科書。

上過 Su-o̍h-á 書學仔(書房)的人，台灣話說得比較流利。比較流利並不是因爲書房把台灣話當做學問來教，而是因爲在灌輸聖人君子之道時，學生順便記住老師所說的台灣話的詞語和漢字發音的緣故。

日本人有一段時期，基於政治上的目的，有系統地教警察和典獄官台灣話。日本人利用標音文字——五十音的長處，加上數種輔助記號，煞費苦心地標寫台灣話。例如：

烏　〔o〕　　オオ　　窩　〔ə〕　　ヲヲ
開　〔k'ui〕　クイ　　查　〔tsa〕　サア
堆　〔tsui〕　ツイ　　乒　〔piaŋ〕　ピアン

可是這種寫法還是比不上羅馬字簡潔。

教會羅馬字的教科書

筆者手邊剛好有「民國十九年七月十日初版，民國四十三年三月十六日第十六版，編著者許有成，印刷兼發行人台灣教會公報社」的 Pe̍h-ōe-jī Sit-iōng Kàn-kho-su(白話字實用教科書)

一書，下面試加介紹。這本書連封面在內共有二十六頁，薄薄一冊，除封面和版權頁有漢字外，全部是羅馬字。封面有 Chiù-ì (注意)一欄，其中說明：

◎ 本書係針對六歲到十二歲的兒童編纂，利用時宜隨機應變。

◎ 如不會發鼻音，捏其鼻子即可。

◎ 應指導練習橫拼音節，同時縱行也必須唸得很流暢。

◎ 聲調必須特別仔細教。

◎ 本書係根據著者三十餘年的實地經驗編纂，如有不得要領之處，願隨時前往指導。

第一課教六種單元音，練習以單元音結合成複元音。第二課教 m、n、ng 三個韻尾輔音。第三課練習由三個音位構成的音節，教連字符的意義。第四課複習前面所學。第五課為鼻元音。第六課為 p 和 ph。第七課為 k 和 kh。第八課為 t 和 th。第九課為 h、ch(ts) 和 chh。第十課為 s 和 j。第十一課為 b 和 m。第十二課為 l 和 n。第十三課為 g 和 ng。第十四課和第十五課為聲調的基礎練習。第十六課到第二十一課為聲調的練習和複音詞的變調。第二十二課和第二十三課是利用一段讚美歌加以應用。第二十四課是鋼筆習字。

筆者覺得這本教科書編得非常好。

筆者目前使用數種教科書，教大學生初級北京話，深感教科書的編纂並非易事。比如教語音體系時，要讓學生收到學習效果，究竟應該先教輔音或先教元音，還是應該從 A 到 Z 當做字母逐一說明，各種教科書方法不一。

　　這本教科書先從元音著手，也許是很聰明的辦法。至少比台灣教注音符號的方法──還沒有教元音，就在ㄅ、ㄆ、ㄇ、ㄈ的後面附加元音ㄛ，在ㄉ、ㄊ、ㄋ、ㄌ以下的輔音後面附加元音ㄜ──合理得多。

　　因為輔音如果不附加元音，本來就不容易用耳朵分辨。

　　先掌握音節之後才教聲調，一旦開始教聲調，就不惜花五、六課的時間徹底地教。因為聲調最難。

　　鋼筆習字放在最後一課，用意似乎是先養成閱讀筆畫一絲不苟的鉛字印刷的習慣，然後才學習書寫。學習語言的常軌是聽、講、讀而後寫。這本書正好按照這個次序，有條不紊。

　　談到教會羅馬字的教科書，順便談一談現在設於台中的馬利諾學院(Maryknoll Language School)。

　　這個學院由美籍神父 Albert Feders 創設於一九五二年，目的在於教前來台灣傳教的西洋傳教士台灣話，所以學生不多。除了出版各種有關基督教教義的刊物外，還進行有關台灣話文法的初步研究，值得注目。

　　不管國民政府如何阻撓教會羅馬字的普及，它已經在台灣各地扎下深厚的根。

　　教會羅馬字究竟是何時以何種形態出現，以下略述緣由。

先有編纂詞典的必要

　　十九世紀前半，西方人前來東方的人數驟增。這是所謂西力東漸的時期，傳教士前往中國大陸，也是配合這個時代潮流。在南京條約(一八四二年)簽訂之前，並不能自由傳教。

目前所知，最古老的福建話字典不是在福建出版，而是一八三七年在英領麻六甲出版，就是這個緣故。著者是英人梅德哈斯特 (Medhurst W.H.)。他利用當地的福建華僑當資料提供人，但大部分根據《十五音》，編成《福建方言字典》(A Dictionary of Hok-keen Dialect of the Chinese Language according to the Reading and Colloquial Idioms)。在構擬《十五音》的音值，以及了解當時福建方言的區別上，可以說是很寶貴的資料。他編這本字典時，自創一套羅馬字。可惜這本字典流傳不廣，筆者好不容易才在東京駒込 (Komagome) 的東洋文庫看到原書。

比較有名的是一八九九年在倫敦出版，由英人道格拉斯 (Carstairs Douglas) 所編的《廈門白話字典》(Chinese-English Dictionary of the Vernacular or Spoken Language of Amoy)。這本字典沒有用到一個漢字，收錄四萬餘詞，採取下面的體裁：

> ai (R. id), to wish, to desire, to like; apt to; to have a tendency to. ài-beh, to wish; to desire. ài-chia, to wish to be here……

他以廈門話標準音，加上漳州、漳浦、晉江、永春、惠安、安溪、同安、長泰、南安、灌口等各地方言的註釋，對台灣方言有饒高趣味的觀察：

> 這兩百年來，移民不斷進入台灣。移民多來自廈門、漳州、泉州。島內有一些地方能夠很清楚地指出他們是從大陸什麼地方過來的移民。但在許多地方，上述各地方言已經混淆不清。(摘自序言)

換言之，這段話暗示出當時已經形成不廈不漳不泉的特殊方

言——台灣話。

從初期的梅德哈斯特到道格拉斯爲止的半世紀內，當然有各種字典和入門書相繼出版。

例如都第 (Doty) 和馬高文 (Macgowan) 合著的《廈門話課本》*(The Manuals of Amoy Dialect)*、荷蘭人法朗堅 (Francken) 和格里斯 (Grijs) 合編的《廈荷白話字典》*(Chineesch-Hollandsch Woordenboek van het Emoi dialect)*、一八八二年到一八九〇年出版由修列格爾 (Schlegel) 所著的《荷華文語類參》*(Nederlandsch-Chineesch Woordenboek met de Transcriptie der Chineesch Karakters in het Tsiang-Tsiu〔漳州〕Dialect)*、一八九三年出版由加拿大人馬偕 (G.L. Macky) 所編的《中西字典》*(Chinese-Romanized Dictionary of the Formosan Vernacular)*、一八九二年出版由馬高文 (Mcgowan) 所著的《英華口才集》*(A Manual of the Amoy Colloquial)* 和《英廈字典》*(English and Chinese Dictionary of the Amoy Dialect, 1905 年第 2 版)*。

但流佈最廣，被認爲最方便實用的是一九一三年台南新樓書店出版，由甘爲霖 (W. Campbell) 所編的《廈門音新字典》*(A Dictionary of the Amoy Vernacular Spoken throughout the Prefectures of Chin-Chiu, Chiang-Chiu and Formosa)*。到一九五五年已經印了六版。這本字典體裁如下：

Chhoán(喘 Chhún)khi ge̍k siōng, khùi-kín, chhoán, chhoán-khùi, phih^n-phih^n-chhoán.(氣往上沖，氣息急促，喘、喘氣、喘吁吁的。)

Kiap 袷 siang-têng ê sa^n, kiap-hiû, kap-tsoā, kap kunliau　　（雙層的衣服，夾衣，縫合，鑲邊）

lak——phī^n lak-kóng, chiū-sī phī^n-kóng　　（鼻樑）

後面帶有括弧的詞條(嚴格地說並非詞)，表示它是括弧內漢字文言音的白話音。後面沒有括弧，以大寫字母起頭的詞條，表示它是文言音，並無白話音——表示無漢字可寫。

羅馬字的變遷

筆者在上一講提到兩位台灣牧師對教會羅馬字所持的不同態度，A牧師認爲教會羅馬字有如神授，具有不可侵犯的權威。是否果眞如此？

觀察梅德哈斯特所創的第一套羅馬字體系，可以發現帶氣音〔p'〕〔t'〕〔k'〕〔c'〕寫成p'h、t'h、k'h、ch'h。都第把它改爲p'、t'、k'、ch'。現行的ph、th、kh、chh則是由道格拉斯改良的。

梅德哈斯特的韻母拼法更令人覺得奇怪。〔ai〕寫成ae，〔au̯〕寫成aou，〔e〕寫成ey，〔ɔ〕～〔o〕寫成oe，〔ia〕寫成ëa，〔iu̯〕寫成ew，〔i̯am〕寫成ëem，〔ue〕寫成öey。鼻化韻母在右上角加上ng，例如〔ĩ〕寫成ee^{ng}。現行的體系以都第的拼法爲依據，但〔i̯əŋ〕寫成ieng，甘爲霖把它改成eng。

道格拉斯的體系和現行體系不同之處，是他把〔ɔ〕～〔o〕拼成o，把〔i̯an〕拼成ien，把〔i̯am〕拼成eam，而〔i̯əŋ〕拼成ing(和筆者的第二式相同)。

甘爲霖的體系最近有一處經過改良。那就是把原來分開的

〔ts〕ts 和〔tɕ〕ch 合併爲 ch，和帶氣音 chh 形成整齊的對應。筆者認爲這樣改很好。

　　因此，筆者提出修正案供大家參考研究，並非狂妄之舉，更說不上有意冒瀆教會羅馬字的神聖。如果因爲懶於改革而反對筆者的提案，夫復何言！

　　教會羅馬字的另一個新的嘗試，就是用阿拉伯數字標示變調的調類。台灣話的變調既複雜又繁瑣，如不能掌握變調的現象，發音將完全走樣。但這個標寫法看起來非常礙眼，似乎必須考慮其他更好的方法。

亂用假借字

　　用漢字書寫台灣話，首先碰到的問題就是越頻繁出現的詞彙越找不到正確的漢字可用。

súi	漂亮	美	bí
siáu	瘋	狂	kông
sán	瘦	瘦	só͘
koân	高	高	ko
té	短	短	toán
....			
khiā	站	豎	sū
siūⁿ	想	想	sióng
hêng	還	還	hoân
hō͘	給	給	kip

koāi	齟齬、搶奪	乖	koai
·············			
lâng	人	人	jîn
bah	肉	肉	jiòk
thang	窗戶	窗	chhong
lāu-pē	父親	老父	ló-hū
tsa-po·	男人	查哺	tsa-po·

以上只是極少數的例子。據筆者調查兩百個基本詞彙(什麼詞視爲基本詞彙，學者之間看法大致一定)的結果，約有四分之一找不到正確的漢字。

這時就會使用假借字。假借字畢竟是假借字，並非正字，它的發音也不是正字的白話音，了解這一點很重要。

右排的漢字是通俗的假借字，依據台灣總督府編《台日大辭典》(1922年)。右側的發音是該字正確的讀書音。

即使是外行人，一定也會覺得這些詞的發音和假借字的讀書音——例如 súi(漂亮)和「美」bí——天南地北，相差很遠，用假借字來書寫，似乎有一些問題。

找正確的漢字

「美」bí 字怎麼找也找不到 súi 這個發音。用學術上的說法來說，就是 bi 和 súi 之間沒有任何音韻上的對應。更詳細地說，「美」的戶籍——所有漢字都有戶籍——是止攝、開口、三等、上聲、旨韻、明母(太專門，不懂也没關係)。而旨韻所屬的脂韻(平聲爲脂韻，上聲爲旨韻，去聲爲至韻，無入聲)，根據音韻規律，

在台灣話當中，它的讀書音含有元音-i、-u，白話音則含有元音
-ai。因此如果以為「美」含有-ui 這個母音就大錯特錯了。這裏
順便舉幾個脂韻字的例子：「眉」bî：bâi、「利」lī：lāi、
「私」su：sai、「屎」sí：sái(前面是讀書音，後面是白話音)。

就輔音而言，明母所屬的唇音(包括幫母、滂母、並母、明母)
不會出現 s-，所以不能指望「美」有 s- 這個輔音。

聲調同為上聲，只是偶然一致而已。

因此，從音韻上可以證明，以「美」bî 寫 súi 純屬假借字。

然則 súi 的正字為何？從音韻上來推測，極有可能是「水」
súi：tsúi。

但如果這樣就斷定 súi 的正字是「水」，未免言之過早。
(「水」tsúi〔水〕視為同音異義詞)詞具有音韻＝外形、意義、功能
＝文法這三個層面，找漢字時必須三者並重。以「美」字寫
súi，雖然考慮到意義和功能，卻忽視了音韻層面。

現在筆者根據音韻上的理由以「水」字寫 súi，但在意義和
功能方面如果有明顯牴觸的話也不行。翻閱字典的結果，很遺憾
的是找不到「水」字有「漂亮」這個形容詞的意思。

既然如此，只好憑筆者個人的揣測來加以說明。說到水，我
們首先會聯想到清澈令人產生美感的水。古代沒有什麼工廠污
水，有些地方用「水」當做漂亮美好的形容詞也不足為奇。筆者
認為就是這個用法傳到福建話的，日語也有 mizumizushī(水零零
的、嬌艷的)這樣的形容詞(mizu＝水)。

但如果找不到把「水」當形容詞用的紀錄做為佐證，則筆者
的說法只能停留於假設的階段。

　　經過這樣的研究程序，筆者論定若干假借字之所以爲假借字的理由，尋找出極少數可以視爲正字的漢字。筆者打算日後整理成一本論文，這裏先披露其中一端。

　　siáu（瘋）可能是「小」siáu（白話音 sió 的意義是「小」）。君子小人的小，從「卑微」引申出「狂妄」的意思。

　　sán（瘦）可能是「散」sán（白話音 soàⁿ）。「散」有分離、散亂、散失等義。大概是指成長發育時產生偏差現象。

　　koân（高）可能是「玄」hiân 的白話音。《釋名》中有云：「天又謂玄。玄，縣也。如物縣在上也。」由此引申出「高」的意思，不足爲奇。

　　té（短）可能是「底」tí 的白話音。「底」的原義是「物體的最下部分」，扁平的底部不會令人有長的感覺。「短」的引申義大概來自於此。

　　khiā（站）有可能是「徛」kī 或「蟻」gī 的白話音。《廣韻》註「徛」爲「立也」，註「蟻」爲「正也，止也」。屬於支韻牙喉音的字，在台灣話的發音特別耐人玩味。例如「騎」khî：khiâ、「寄」kì：kià、「蟻」gī：hiā。在上古音的研究資料上，這個現象很早就受到音韻學家的注目。瑞典傑出的中國音韻家高本漢把支韻擬作 *-ie。上述活生生的資料可爲佐證。

　　siūⁿ（想），一般相信它是「想」sióng 的白話音，但因聲調不一致，令人存疑。筆者認爲有可能是「尙」siōng 的白話音。「尙」有「希求、尊崇、愛好」等義，由此引申出「想念」的意思，不足爲異。

　　hêng（還）一般認爲是「還」hoân 字的白話音。但「還」屬

於刪韻合口，不可能含有-eng 這個韻母。筆者認爲它是「衡」hêng 字，從「平衡」一義引申出「歸還所借之物平衡借貸關係」的意思。

　　hō·(給)通常寫「給」kip 或「與」ú，但有可能是「附」hū 的白話音。「附」所屬的虞韻，唇音有「斧」hú：pó·、「傅」hù：pò·、「扶」hû：phô·；喉音有「雨」ú：hō·，「芋」ú：ō·。「附」有「靠近」、「助益」等義，由此引申出「使某物靠近對方給予助益」的意思，可能性很大。

　　koái(齟齬、搶奪)這個詞，在台灣話中用得很廣泛。例如：koāi chit-tó(用腳絆倒)、koāi liáu su khì(步驟被弄亂輸給對方)、koāi lâng ê seng-lí(搶奪人家的生意)等等。它通常寫成「乖」koai，但聲調並不對應，無法斷定。筆者認爲很有可能是「壞」hoāi 的白話音。「壞」是匣母字，而匣母字的讀書音通常是 h-，白話音有時是 k-。例如「糊」hô·：kô·、「下」hā：kē、「寒」hân：koân、「縣」hiān：koān。「壞」的詞義正是破壞作用。

　　lâng(人)一般認爲是「人」jîn 的白話音，顯然不對。「人」所屬的眞韻不會有 /-ang/ 這個韻母。它應該是「儂」lông：lâng 才對。「儂」的意思是「我也」、「某人之稱」，演變成人的通稱。「膿」lông：lâng 可爲參考。

　　bah(肉)普通寫成「肉」jiok，純爲假借字。「肉」所屬的日母是 j-、l-，不會出現 b-。尾韻則是-iok：-ak、ik，不會出現-ah。bah 這個音節本來就只有「肉」一詞，非常特別。筆者認爲或許是借自異民族的語言。

福建地方，古代有異族——閩越人定居，漢人來自外地，後來畬族、鄉下嫂、蜑民等異族雜居此地。在台灣還加上高山族、荷蘭人、西班牙人。這些異族的語言被借用後，發生語音變化的可能性很大。

thang(窗戶)一般認爲是「窗」chhong 的白話音，但「窗」所屬的清母字沒有帶 th- 音的。筆者認爲有可能是「通」thong 的白話音 thang。窗戶的功用是使內外相通。

lāu-pē(父親)通常寫成「老父」ló-hū。「老」ló 沒有問題，「父」hū：pē 則韻母不能對應。如果是「爸」pà，則聲調不一致。筆者認爲有可能是「罷」pā：pē。唐詩已經有福建地方稱「父親」爲「郎罷」的紀錄。「罷」恐怕是假借字，但不是「父」或「爸」應無疑問。

tsa-po˙或 tapo˙(男人)一般寫成「查哺」，但連雅堂在《台灣語典》中認爲「查甫」才是正確的寫法，「查」是「這」gān 的近音，「此」義，「甫」爲「男子之美稱」。「甫」字沒有問題，以「查」爲「這」的近音，則是不懂音韻學的謬論，它可能和《詩經》所謂「美嘆之聲」，也就是感嘆詞的「嗟」tsa 字同類。

連雅堂和筆者的看法

由此可見，我們平常用得很自然的詞語以及相傳其正確性拿來使用的漢字，背後存在著意外複雜而令人感到興趣的問題。

台灣偉大的文人連雅堂研究台灣話的語源，「乃知台灣之語，高尙優雅，有非庸俗之能知；且有出於周秦之際，又非今日

儒者之所能明」(《台灣語典》自序)，使他沾沾自喜，雖然有些老王賣瓜，自賣自誇，但並非無稽之談。

　　然而翻閱歌仔冊(koa-á-chheh)之類用漢字書寫的台灣話文獻──前面引用過的《台日大辭典》也不例外──可以發現省事好用的訓讀字觸目皆是。連雅堂的《台灣語典》也是針對這個傾向提出警告的一本書，不過筆者反對他的復古思想和正統派意識。

　　首先，我們無法找到所有詞的正確的漢字，摸索而得的只是其中的一小部分。詞源學家的怠慢不力，固然是原因之一，但福建話原來就幾乎毫無紀錄。《說文》(西元121)、《爾雅》(西元前後)、《切韻》(601)和現代福建話之間，沒有可供利用的文獻資料，在研究上這是最大的致命傷。

　　其次，福建話的詞彙中想必借用或沿用不少被漢族征服同化的異族的詞語。對這些異族的語言沒有同時進行研究，則福建話的詞彙研究也令人覺得非常沒有把握。而台灣話就必須特別研究高山族的語言。

　　第三，基於實用上的理由，人們迫切需要把文字找出來，而詞源研究事倍功半，根本等不及。嚴格說起來，尚停留假設階段的「青面猫牙」(Chin^n-bīn-niau-gê)的漢字，如果強迫人們使用，作風不啻學術上的暴君。

對漢字的嚕囌

　　雖然冗長一些，筆者打算特載四年前刊登於一九五七年一月一日《大安》雜誌──這是大安書店出版的宣傳雜誌。大安書店

和極東書店一樣，不知是受到施壓或覺得有壓力，停止代售《台灣青年》，令人遺憾——的隨筆〈對漢字的嚕嚇〉中的一節，作爲本講的結語。

　　……在筆者專門研究的福建話中，漢字是很大的累贅。

　　這個方言，連日常使用的詞彙當中都有許多詞語找不到相當的漢字，因此每個人自創假借字或新字，宛如百鬼橫行。

　　替這些詞語找出正確的漢字，是崇高的學術良心的表露，研究福建話的學者不約而同都成爲詞源學家，理由即在於此。他們深入《説文》《方言》《爾雅》等書的怪字死字叢林去探險，發現很像的漢字就如獲至寶，沾沾自喜。筆者對他們有如愚公移山的努力，滿懷敬佩，但對於他們收穫的微乎其微，身爲核能時代的人，深有急驚風遇上慢郎中之感。

　　筆者也有一兩次如獲至寶的經驗。兩三天前在研究室內以好奇的心情翻閱《大漢和辭典》，「扤」這個怪字突然映入眼廉。《説文》的註釋是「持也，象手有所扤也。讀如轂」。《廣韻》的注音是「几劇切」。福建話稱手舉棒棍爲 kiah 或 giah，以前都寫成「攑」字。「攑」顯然是取字義，並非入聲字（注：應爲 khiah）「扤」字則音義兼備，一針見血。

　　當時筆者覺得自己好像立了大功，得意洋洋。但旋即告訴自己且慢高興，因爲，現在拿這種怪字出來，大

概也不會有人使用，想到這裏，不免悶悶不樂。

　　把劣幣驅逐良幣的定律適用於這方面雖然有些過分，但不管假借字或新字，令人覺得親近的字，和優先權兩相配合，將會在不知不覺之間固定下來。這也是詞源學家的悲哀之一吧……。

寫這篇文章時的心情，現在仍然沒有改變。

大家來學台灣話

　　年輕人無法說一口流利的台灣話，是因為他們台灣話的詞彙少得可憐的緣故。

　　要豐富詞彙，除了從老人的談話中吸收或查字典背下來外，別無途徑。就這一點而言，居住於海外的留學生，可以說學習環境比較不利。

　　這是因為日本的台僑習慣說日語，很少有機會接觸到台灣話流暢的人，而且也很難買到合適的台灣話辭典和會話入門書籍。

　　即使如此，如果還是想學的話，並非毫無希望。筆者的藏書中有相當多關於台灣話的資料，都是筆者來日本後在神田的舊書店物色或請人從台灣寄來，煞費苦心收集的。而且，筆者雖然很少有機會碰到台僑，但每次碰到，就儘可能聽他們說台灣話。

　　希望各位讀者不會說：「那是因為你係專門研究這一方面，

理當如此，我們跟你不一樣。」

　　台灣有朝一日獨立，台灣話就會被制定爲國語，用於任何公開場合。不可能有的說日本話，有的說北京話，有的說英語，有的混用，各行其是。正因爲台灣獨立的時刻逐漸來臨，學台灣話已成燃眉之急。

筆者欽佩的兩位先生

　　在筆者狹窄的交際圈子內，劉明電先生和 L 先生流暢的台灣話，令人佩服不已。

　　劉明電先生本人以純正的中國人自居，但所用的語言卻是道道地地的台灣話，不是福建話。這一點很重要。因爲中國人不論中共或蔣介石政權，都不承認有所謂和福建話已經不同的台灣話，頂多把台灣話視爲通行於台灣的福建話。這種看法在學術上並不正確，實際上也不對。

　　具體的說明容日後詳述。總而言之，劉先生以其獨特的語氣連續講好幾個小時，其中沒有摻雜半句日本話或其他外國話，令人欽佩之至。用百分之百純粹的台灣話，從人情世事到哲學思想表達無遺，其詞彙之豐富，使聽者對台灣話認識一新。

　　以前查閱岩崎敬太郎：《新撰日台言語集》(1914年，台北)時，才知道有 iáh-kú-ká^n(亦拘敢——也許)這個表示推量的句尾助詞，但因未曾親耳聽見過，一直半信半疑。聽到劉先生使用這個句尾助詞，筆者頗覺驚奇。例如：

　　I ê la̍p-á í-keng hókhì iáh-kú-ká^n

　　　　(伊的粒仔已經好去亦拘敢——他的疙瘩也許已經好了)

Āu-lé-pài kiám-chhái ū iàn-hoē iáh-kú-káⁿ

　　　　（後禮拜減彩有宴會亦拘敢——下禮拜或許有宴會）

像這些，筆者通常用 bô-tiāⁿ-tiȯh（無定着）、bô-tek-khak（無的確）之類的推量副詞(位於動詞前面)。從劉先生口中初次證實辭典所錄詞語，當時的喜悅至今難忘。

　　L 先生的語言與其說是台灣話，不如說是福建話。這是因為他雖然生於台灣，但長年生活於南洋，模倣福建籍華僑所說的福建話的緣故，他在日本國家廣播電台的國際廣播部門擔任福建話播音員。他的經驗之談給筆者甚多寶貴的教訓。那就是，即使像他那樣擁有非常豐富的台灣話詞彙，還是跟不上核能時代的需要。

關於詞彙的精鍊

　　這麼說，如果因而使原本就對台灣話不太關心的年輕一代有「所以我才不想學」或「什麼台灣話！乾脆不要算了」之類的逃避藉口，反而糟糕。我們不可以因為個人的好惡而貽誤大局。

　　台灣話本身是一個很完整的語言。首先要有這個認識和了解，其次才考慮如何加以改良，以適應日新月異的核能時代，這才合理。

　　現在筆者想藉 L 先生的啟示來說明的是上述的第二階段，至於到達第一階段——說完全正確的台灣話——的方法，回頭再說。

　　台灣話是做為口頭語，而且是做為民眾生活中的口頭語而發達的。如果要把這個口頭語記錄下來，也就是寫成書面語，就會

因為書寫法的問題而大傷腦筋。這一點已經講過好幾次。

即使不是書寫，用於廣播也一樣會產生問題。民眾生活中的口頭語很粗俗，而廣播用語則必須保持格調，否則將貽笑全球。例如「抓」和「逮捕」表示的內容幾乎相同，但大致上可以說前者比較粗俗，後者比較文雅。說某人被警察「抓了／逮捕了」，廣播時以用後者為佳。但台灣話只有相當於「抓」的liàh-khi（搦去），並無tāi-pó·（逮捕）一詞。又如「增加很多」，用toā chen-gka（大增加）比較文雅，用 ke chin tsoē（加真多）顯得粗俗。能夠換成文雅的詞語還好，不能換的時候，大概也只好使用粗俗的詞語。

日語有許多罵人話，如 bakayarō（馬鹿野郎——混帳東西）、chikusyō（畜生——畜生）、ahō（阿呆——傻瓜）、rokudenashi（没出息的傢伙）……。台灣話可以說只有 kan lín niâ（幹恁娘）一詞。北京話也有「他媽的」這句話，但沒有什麼逼真感，用「混蛋」「傻瓜」「王八蛋」也能將就。外省籍的新聞記者針對台灣籍的議員在縣市議會用 kán lín niâ 罵人的習慣，攻擊台灣人沒有教養，可以說對，也可以說不對。它的確比「馬鹿野郎」或「混蛋」下流，但也應該了解它是很抽象的普通罵人話。

外來詞翻譯問題

更重大的問題是，隨著科學的進步而出現的新事物有需要傳達時，台灣話的腳步是否跟得上？眾所周知，日語採取直譯的方式，用片假名表示外國詞語。這個做法相當有效率，中國人則不論中共或蔣介石政權，仍然緊緊抓住四千年來的漢字不放。蘇格

蘭 (So͘-kek-lân)、華盛頓 (Hoâ-sēng-tùn)、俱樂部 (kū-lo̍k-pō͘)、咖啡 (ka-pi)、火車 (hé-chhia) 等等還能勉強消化，其餘的不敢恭維。nickel 說成「鎳」(lia̍p)，chloroform 說成「氯」(ló͘)，jet 說成「軍刀機」(Kun-to-ki)，missile 說成「飛彈」(hui-tân)，Kuwait 說成「科威特」(Kho-ui-tek)，Gandhi 說成「甘地」(Kam-tē)，很不合理。它和原音已經相差十萬八千里，也無法推測原義。如果還一成不變把它音譯爲台灣話，更是愚不可及。

中國人要和漢字「殉情」，是他們的自由，台灣人沒有奉陪的必要。在脫離中國人五十年的日治時代，我們效做日本人的故智，音譯日語新詞，派上很大的用場。「組合」(tso͘-ha̍p)、「都合」(to͘-ha̍p)、「貸切」(tāi-chhiat)、「切手」(chhiat-chhiú)、「打合」(táⁿ-ha̍p)、「自動車」(tsū-tōng-chhia) 之類的漢字音譯，中國人在借用日語時也加以採用，並不是什麼新鮮事(它和採用「合作社」、「包車」、「郵票」、「商量」、「汽車」之類的説法比較，何者爲優？不能一概而論)。但除此之外，台灣話還採取另一種音譯法，例如 kyahan(綁腿) 說成 khia-hang，sushi(壽司) 說成 sù-si-á，tabi(日式布襪) 說成 tha-bí，-san(敬稱，～先生，～小姐) 說成 sàng，ponpu(幫浦) 說成 phòng-phù-á，加以消化。這個方法今後可以繼續活用。strontium(鍶)譯成 su-to͘-long-chiu-m̀，瑪麗蓮夢露譯成 Ma-li-lin Bong-ló͘ 非常高明。不過究竟是要從原文直譯，或參考日本的片假名，值得商榷。

這不是小事一椿。amateur wrestling match，北京話譯成「業餘摔跤比賽」，但 L 先生要把它譯成福建話時不知如何下手。amateur 譯成「業餘」本就不妥。amateur 和 professional 相對，和事業的餘暇沒有直接關係。wrestling 是新式的運動，用「摔跤」之類的中國式概念來掌握，一開始就很勉強。福建話如又把它音譯成 sutkau，恐怕沒有人懂。如果譯為 A-ma-chiu-à le-su-lin-gù，做為台灣話大概能通行無阻。

《*國台通用詞彙*》的謬論

《國台通用詞彙》(1952年) 是「台灣省國語推行委員會」編印出版的一本書，其中列舉了大約七千五百個語詞，採下面的方式：

國音	語詞	方音
ba	八	poeh
bajiǎu	八腳	pat-kiok
baxian	八仙	pat-sian
baxianzhuo	八仙桌	pat-sian-toh
bazī	八字	peh-jī （漳州音）
bayin	八音	pat-im
badòu	八豆	pat-tāu
bajié	巴結	pa-kiat
ba	扒	peh
……		

（為方便起見，改用中國的拼音字母）

「台灣省國語推行委員會」是高喊「建設三民主義模範省台灣」的蔣介石政權所屬的一個機構，任務在利用北京話驅逐台灣話。他們嘴上說：「中央政府和地方政府並非處於敵對關係。國

語和方言亦非處於敵對關係。……世界上沒有一個國家主張消滅方言。」實際上今天的台灣已經把台灣話排斥於所有公開場合之外。

這些姑且不談，這種語詞的羅列毫無學術價值。「八」在台灣話和北京話中確定都寫成「八」，但 ba 和 poeh，光聽發音根本不可能「通用」。北京話的「巴結」，意思是「①(為了向上或為了別人而)努力。②奉承別人，諂媚」(根據香坂順一、太田辰夫合編：《現代中日辭典》)。但台灣話的「巴結」，意義是「①奉承。諂媚。阿諛。②投降，服輸」(根據《台日大辭典》)，二者詞義有出入。

台灣話和北京話完全不同

北京話和台灣話之間的差異，有些地方超過英語和德語之間的差異。筆者就兩百個基本詞彙調查的結果，發現互相對應(注意：並非通用)的詞形最多不過51%(客家話和福建話關係最親近為59%)，而同屬於西日爾曼語系的英語和德語則為58.5%。

調查時，調查的詞彙必須精挑細選。換言之，即使收集很多文化詞彙——例如「政府」「革命」「文學」「進步」「筆」之類——較高百分比，也是毫無意義。因為它們可能都是方言不斷向標準語片面借用的詞彙，並非來自同一祖語(parent language，這裏指各方言分化衍生之前的古代漢語而言)的共通要素。

總而言之，北京話和台灣話並非同樣的語言，音韻體系不同，詞彙不同，連文法也多少有出入，中國高喊「台灣是中國領土的一部分」，並以語言相同為證據，企圖嚇唬欺騙外行人，我

們不可以上當。

　　最後介紹一個輕鬆的小插曲。快活的粗人郭國基議員在六月十九日省議會有關教育問題的質詢中說：

> 把人「齒」說成「牙」gê 本來就有問題(北京話即是)。「牙」指獸類嘴裏的牙而言，例如「狗牙」káu-gê、「虎牙」hó·-gê。人齒和「牙」有別，稱爲「齒」khí(不只台灣話，福建話也這樣說)。因此應該說「齒科醫生」khí-kho-i-seng，像「中山牙醫學院」把只用於獸類的名詞冠於人類的學校上，很不合理。

　　這大概是對最近在台灣有如雨後春筍不斷增加的私立「學店」之一──「台中中山牙醫學院」所做的諷刺。這種無聊的俏皮話，搞不好會被反咬一口而無法招架，因此必須注意。例如中國人可以反擊說：「台灣人把『嫁人』說成『嫁翁』ké-ang，豈非亂倫？」因爲「翁」在北京話指「公公、老人」。

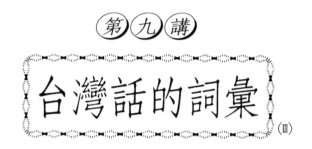

拙著《台灣語常用語彙》

　　四年前筆者曾自費出版《台灣語常用詞彙》(日文)。八開對排，厚達四百七十五頁，前後費時四年才完成。

　　這本書收錄了五千個台灣話的常用詞，第一次嘗試劃分詞類，每個詞原則上舉兩個例句，希望能建立以科學方法研究台灣話的里程碑。

　　一般認為，一個語言只要會三千個左右的單字，普通會話就能夠應付。所謂能夠應付，是指在比手劃腳的幫助下勉強能溝通意思而言。如果想在台灣獨立後靠一張嘴巴施展抱負的，這樣當然不夠，以下試從該書中有關詞彙所做的系統說明──詞彙學的部分引用數段：

　　　　台灣話的詞彙總共有多少？這個問題恐怕無人能
　　回答，而且也沒有什麼意義。《台日大辭典》(1932

年，台灣總督府，台北）所收詞語（夾雜若干片語、子句）達
九萬以上，數量極為龐大，而且這只是「最普通的」
的詞彙，如果把非普通詞彙也計算在內，或許有好幾
十萬。詞彙的總數，歸根究柢是基本詞彙、使用詞彙
等比較切身的詞語為主，從古老的死語、廢詞、文語
之類到新出現的外來詞、新詞之類，廣及行話、學術
用語、黑話、俗語，要把它們完全蒐集網羅幾乎不可
能。

　　至於「理解詞彙」則屬於相當現實的問題。所謂
「理解詞彙」就是我們用耳朵聽或閱讀文字能夠了解
的詞彙，與此相反，自己會使用的詞彙稱做「使用詞
彙」。理解詞彙和使用詞彙因人而有差異。通常理解
詞彙多於使用詞彙。理解詞彙可以靠個人的努力，例
如查字典或向故老請教，不斷擴充數量；使用詞彙則
不然，這是因為說或寫的時候必須考慮聽話者或讀者
所擁有的理解詞彙的數量，即使自己一個人拚命想去
增加，周圍的人也不會允許。我們向幼兒說話時的情
況就是最佳例證。

　　但不論理解詞彙或使用詞彙，試就集團內部多數
的個人進行比較，應該大部分是共通的。因此集團內
部共通的理解詞彙和使用詞彙的概數及其差異的測定
並非不可能，而且在教育上也有必要。每個先進國家
通常都在這方面付出努力。例如日本也有大致的統計
數字——某一所小學一年級新生的理解詞彙在四千八

百到五千一百之間，所使用詞彙約爲其半數；高中生
的理解詞彙平均約三萬。

　　據本人所知，台灣話似乎還沒有做過這種調查。
但從全盤來看，理解詞彙極爲貧乏，縱使理解詞彙很
豐富，和使用詞彙之間也有非常大的差距，不難想
像。這是因爲台灣話數十年來被打入冷宮，台灣人本
身對台灣話也喪失希望的緣故，無庸贅言。（頁45～
46）

　該書收錄的五千個詞，主要是參考下面幾本書而選出的：
　倉石武四郎著：《根據拉丁化新文字的北京話初級讀本》
　　　　　　　附錄「常用一千詞」
　陸志韋編：《北京話單音詞詞彙》
　東京大學語言學研究室編：《基礎詞彙調查表》
　前引《台日大辭典》
　其中單音詞(káu「狗」、âng「紅」、tsē「坐」……)佔一半
以上。台灣話單音節的基本詞彙自不待言，連使用詞彙也幾乎全
部網羅。其餘的是複音詞(chhit-tô「迌迌」：遊玩、hún-âng「粉
紅」、peh-lēng-si「白鴒絲」：白鷺鷥)。複音詞在所有詞彙中所
佔的百分比比單詞高很多，這是作爲口頭語言發展至今的台灣話
（不限於台灣話，中國各地方言也是如此)當然的面貌。因爲音節的數
目越多，同音異義詞就越少，比較不會聽錯。
　　這五千個詞，台灣人到底熟悉到什麼程度？拙著中說：
　　　　對於現在三十歲以下的人而言，恐怕只比他們的

理解詞彙多一些而已。對於三十歲到四十歲之間的人
而言，也許相當於他們使用詞彙的全部。對於五十歲
以上的人而言，才能稱爲常用詞彙。換言之，本書係
以使用標準台灣話的台灣人爲基準來選定常用詞彙。
但願五十歲以下的台灣人彼此多下功夫，俾能擁有這
些常用詞彙。

台灣話和福建話之間

　　台灣話的詞彙以福建話的詞彙爲基層，自不待言。就上述兩
百個基本詞彙加以調查的結果，沒有對應的詞形只有兩個。「河
川」的台灣話是 khoe(溪)，廈門話(福建話的標準方言)是 hô
(河)；「誰」的台灣話是 siáⁿ-lâng(啥人)，廈門話是 sī-tsūi
(是誰)。

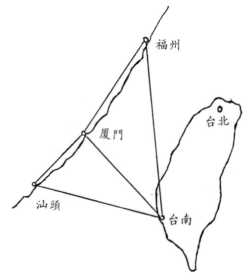

　　在此順便一提，筆者所調查的台灣話、廈門話、汕頭話、福州話等四個福建方言，彼此的親疏關係依次為台廈 ＞ 廈汕 ＞ 台汕 ＞ 廈福 ＞ 台福 ＞ 汕福，如果比較方言的地理位置，可以發現常識和研究的結果吻合，饒富趣味。

　　兩百個詞語中只有兩個詞沒有對應關係——所以台灣話和廈門話一樣，不必特別設定台灣話這個概念。這個中國學者和無黨人士的論調，根本不對而且對事實認識不清。台灣話和福建話在音韻方面已經有顯著的差異，正如〈台灣話的語音系統〉各講所述。《台灣省通志稿》卷二〈人民志・語言篇〉（台灣省文獻委員會，1954年，台北）的編者在第一章緒論・第四節〈台灣方言志之成立〉中所述，和筆者的看法不約而同。

> 　　（台灣方言）當其初時，固與閩南方言保持語言上之等質性，自無方言意義之可說者。然歷經數百年之間，本來之等質者，逐漸因生活環境之變遷，或小方言集團之雜居，固有不能不變者在焉。其顯著而大者，如漳泉韻母系統之混合、漳州聲調系統之優勢發展等。漳州、泉州、廈門三系方言（此三系為台灣方言之主要構成要素）已難各保持其在本土時代之純粹性。

　　基本詞彙本來就對社會的劇烈變化保持中立（根據這個理論，才發展出語言年代學這個新研究領域）。以和平的方式（一般而言是如此）從大陸移居新天地台灣，並非足以給基本詞彙帶來變化的劇烈社會變革，因此才會出現上述的數字。但一般詞彙則出現相當多台灣特有的詞語。台灣府學的教習劉家謀在咸豐二年（1852年）

出版詩集《海音》，詩集的註解中就有多處標明是台灣方言。劉
家謀是福建侯官人，這些詞語至少和他的母語不同。例如：

飛粗　草地　輓粟　山利　山單　希袋　手　三棺

虎鬚　圍魚　牽手　放手　亞亞腰　孩兒茶　梨仔

飼黃○　寬鬧　老少年花　縛腳　尾庄　做年　做田

五虎利　羅漢腳　牛柴

其中「草地」chháu-toē 意指「鄉下」，讀者應該早就知道。因
為開拓初期的台灣，一離開市街就是雜草叢生的草原，故有此
語。廈門話則使用和北京話對應的「鄉下」hiuⁿ-ē 一詞。「牽
手」khan-chhiú 是「老婆」的意思，根據連溫卿在《民俗台
灣》發表的說法，它來自平埔番成親的風俗。上面所舉的例子
中，似乎摻雜著未必是台灣特有的詞語，有一些連筆者也不知道
意思是什麼。讀者如果曾聽過或用過，煩請示知。

　　台灣有許多不是本行的詞源學家，他們都關心母語、熱愛母
語，他們的研究成果有不少很出色。連雅堂的《台灣語典》即其
代表(關於連雅堂先生的簡介，請參閱《台灣公論》第4期所載拙文〈連雅
堂先生抒感〉)。

　　他在該書自序中自豪地表示：

　　　　余以治事之暇，細爲研求，乃知台灣之語，高尚
　　優雅，有非庸俗之所能知；且有出於周秦之際，又非
　　今日儒者之所能明。余深自喜⋯⋯。

　　仔細斟酌他所收錄的一千多個詞語，可以發現幾乎都是來自
福建話，並非因爲是台灣話才會如此。不過連雅堂認爲台灣話

「高尚優雅」而自我陶醉，確實有相當的根據。一般認爲，福建
話至遲在東晉時代就從古代漢語分化出來，而且一直保持當時的
狀態，因此比其他產生劇烈變化的方言來得保守。像連雅堂這樣
喜歡復古的學者，認爲它「高尚優雅」也是難怪，我們雖然不必
像連雅堂那樣，認爲台灣話「高尚優雅」而自傲，但也沒有理由
像部分年輕人那樣，認爲台灣話「粗俗下流」而自卑。重要的是
如何在今天這個核能時代改善台灣話的體質，讓它發揮功用。

台灣話面面觀

　　台灣話的詞語有很多借自山地話，地名尤其多。《赤崁集》
甚至認爲「台地諸山皆自番語譯出」。幸好地名的研究已經由精
於研究高山族的日本人大致完成，現在這種錯誤很少。清代的情
形就非常糟糕，因爲中了漢字的毒。常被引用的例子是台南的赤
崁城 Chhiah-khàm-siaⁿ。赤崁來自原來居住該地的番族名稱——
加卡姆社，卻因赤崁這個假借字而被牽強附會，說是「因爲該
城磚瓦爲紅色，故有此稱」。《台灣青年》第九期〈金廣福〉一
文中提到的五指山山麓，有一個部落名叫十八兒。《樹杞林志》
說：「十八兒，地名。聞乾隆年間有一生番夫婦，住中指(五指
山之一峯)之下，一乳雙產，九乳遂有十八兒。強盛無比。及光緒
年間墾其地，因名其地爲十八兒。」其實眞正的詞源來自番社名
稱——西巴吉，客家開拓者把它譯成十八兒。

　　除了地名以外，又如 a-lí-put-tát(不像樣)這個形容詞，寫成
「阿里不達」就十足像是來自漢語的詞，而且字面和詞義很相
配，其實來源很可疑。劉寄園認爲「阿里是西藏地名，不達是布

達拉的訛音，也在西藏」(《台北文物》第8卷第4期)，朱鋒比較慎重，認為「語源來自番語或外來語，迄未考出」(同上，第7卷第3期)。ka-lí-liān-lô 意思是「還早得很」，普通寫成「傀儡練鑼」，據說詞源來自「傀儡戲吹吹打打很熱鬧，卻遲遲不開演」，不知是真是假？

káu-liô 一詞用於喚狗，筆者未曾聽過，《台日大辭典》寫成「狗來」，「來」lâi 不會發成 liô，因此這個說法必須打半個問號。而連雅堂把它寫成「覺羅」kak-lô，並解釋說這是出於對滿清愛新覺羅的敵愾之心，是否可以接受？在此順便一提，連雅堂還以喚豬聲 o·-á 寫成「胡仔」，cheng-siⁿ(畜牲)寫成「清生」(chheng-siⁿ的訛音)之類的詞語做為佐證。

筆者平常覺得很有意思的是 o·-ló·-bo̍k-tsê(烏魯木齊——亂七八糟)這個詞。烏魯木齊是現在的迪化。這個詞一定是在清朝時代就已出現。當時烏魯木齊和台灣位於兩個極端。台灣人認為烏魯木齊是文化的盡頭，心存輕視，把它想像成「胡搞亂搞的地方」，詞源或許是如此。筆者很想知道廈門話有沒有這個詞。

「唐山客，對半說」Tn̂g-soaⁿ-kheh túi-poàⁿ-seh(中國人說的話要打對折)，這句俗話說「唐山客」一詞，在語感上是否像朱鋒註解的前半部分所述：「認為他們是同鄉，特別帶有尊敬和親愛的感情」？註解後半部分所謂的輕視、戒心還可以接受。以往的台灣話詞源研究，尤其受到忽略的是和福建話之間的比較研究。這樣的研究，必須台灣話和福建話都精通的人才有資格從事，將來必定會成為一大研究領域。

詞義因地而異

朱鋒列舉的若干「同形異義詞」(摘自前引論文)，其實是因地方不同而產生的詞義變化。福建的情形，筆者不太清楚，不過從交通不便、方言圈狹小這幾點來猜想，一定遠甚於台灣。

hé-kì(夥記)在南部保持「店員」這個原義，北部則變成「情婦」。「店員」在北部叫做 sin-lô(辛勞)。

sin-pū-á(新婦仔)在南部相當於北京話的「童養媳」，在北部則指一開始就以出賣靈肉為目的，形成當今台灣社會問題的「養女」而言。

tsò-sit(作穡)的詞義在南部為「做莊稼活兒」，在北部則泛指「做活兒」。

thih-bé(鐵馬)在台南地方指「鐵製風鈴」(筆者沒有聽過這個用法)，台中地方則指「自行車」，筆者熟悉的用法是後者。

siáu-liân-ke(少年家)在台南地方指「小伙子」，嘉義地方指「男娼」。

sái(使)在台南地方等於北京話的「使得」，在宜蘭地方多指「姦淫」，以 iōng-tit(用得)指「使得」。據筆者所知，由於「使」「屎」同音，在台南地方似乎也有所忌諱。

thiòng(暢)在台南地方指「肉體上的快樂」，女性忌用，多用 hoaⁿ-hí(歡喜)一詞。台北地方則單純指「快樂」，女性很常用。

hiàm(喊)在城市指「大聲喚動物之類」，鄉下單指「大聲叫喚」。

thó(討)在台南地方指「索取」，乞丐的「乞討」則用 pun
(分)。宜蘭地方，thó(討)有「索債」的意思，其他場合用 pun
(分)。

台灣話的文藝復興

有關詞彙的說明常流於零碎片斷。高本漢所創古代漢語
wora family(詞族)──建立詞的體系──的構想，還只停留於
由曾經擔任筆者指導教授的東京大學藤堂明保博士進行嘗試的階
段。台灣話雖有大大小小幾本辭典，但僅止於蒐集描述的初步階
段，還未能進一步整理並建立體系。筆者本身的研究也還不夠。

首先要愛護並重視台灣話，從說台灣話，豐富詞彙開始。有
朝一日我們獨立的話，必須立刻成立國語研究所，展開台灣話的
科學研究，國語研究所頭一個工作是編纂合理實用的辭典。而且
希望能本著關懷，制定正字法，確立音位標寫的方式，把它拿來
和北京話、日語、英語排比列舉，讓不同代的人便於使用。這是
很艱鉅的工作，但也是台灣人前生作孽的結果，無可奈何！

談「書房」

筆者的曲折歷程

讀者當中有多少人上過「書房」——私塾(台北稱為 su-pâng，台南稱為「書學仔」su-o̍h-á)？而上過書房的人感想如何？

筆者談書房，並不是因為自己上過書房有意炫耀，更不是要炫耀自己漢學造詣深厚，而是為了要把自己在書房吃盡苦頭，兜了一個大圈子的經過公開出來，供讀者參考。

筆者最近才了解到過去自己對書房抱著什麼期望。大概和許多人不同，筆者期望在書房獲得台灣話的知識。筆者上書房的經歷，正如下面所詳述，從五、六歲到二十二、三歲為止，斷斷續續約有十餘年之久，儘管如此，卻沒有什麼漢文造詣，字也寫得很醜。但的確有一些收穫，那就是多多少少吸收到台灣話的知識。不過並沒有達到台灣話說得非常流利的程度，實在汗顏。

筆者很羨慕現在五、六十歲的老一輩，他們好歹曾經在「國

語學校」學習台灣話。基督教徒靠羅馬字的聖經和讚美歌學習台灣話，也令筆者羨慕。筆者很遺憾沒有人有系統地指導自己學台灣話，也很遺憾自己將近二十歲的時候尙未能自覺到學習台灣話的必要性。

　　台灣獨立也就是台灣人收復台灣話。正因時間已迫在眉睫，筆者很焦急，想找看看有沒有什麼能夠合理而有效學習台灣話的方法。台灣大概有許多人正默默耕耘、熱心研究，因此似乎不必太過擔心，但我們這些在日本的人如果無所事事，良心上也過意不去，所以才會這麼焦急不安。

書房的存在意義在於保存和傳播台灣話

　　對書房的期望雖然落空，但在學習台灣話方面，筆者對書房的評價很高。可是翻閱台灣省文獻委員會編：《台灣省通志稿》卷五〈教育志〉(1957年，台北)，卻找不到一行有關書房的記載。相反地，對他們自己的××文獻委員會則花了很多的篇幅，儘管這些文獻委員顯然地是靠他們在書房所學到的漢文修養，才有今天的地位。

　　書房原本是爲了敎中國的古典而存在的。在這方面，書房一定收到相當大的效果，但從今日台灣人的立場來看，筆者認爲書房眞正的存在意義在於：保存和傳播台灣話。書房的老師大多已經不在人世，他們也許不同意筆者的說法，認爲自己只是傳授聖人君子之學，台灣話與我無干。但上過書房的人大概會贊成我的看法，他們說台灣話通常比一般人流利，是支持筆者說法的有力證人。

　　當然，在書房學台灣話是在無意識的狀態下進行的，所以效果微乎其微，這是沒辦法的事。因爲當時台灣話受到日語和北京話的壓迫，沒有一個正規的教育機關。

　　台灣人如果恢復自由——海外的台灣人已經恢復自由——應該研究更科學、更能立竿見影的台灣話學習法，自不待言。

書房老師翦影

　　台灣的書房歷史很古老。滿淸時代，它是初等教育的一般機構。台灣的對口相聲經常出現的一個形態，就是把書房老師當做諷刺的角色。書房老師生活淸苦，要錢又礙於自尊心。家長故意使壞，遲遲不肯把束脩 (sokeīu) 送來。於是老師以充滿威嚴的態度，拿一封富有詩意的信給學生，叫他們轉交父親，信中說：

　　「屈原望五節」Khut-goân bōng Ngó-chiat

（屈原期盼端陽禮）

家長若無其事地回話說：

　　「牛女候七夕」Giû-lú hāu Chhit-sek

（牛郎織女候七夕）

老師沒有辦法，只好吞口水等待七夕到來。好不容易挨到七夕前一天晚上，特別向學生叮嚀：

　　「明天七夕至」Bêng-thian Chhit-sek chì

（明天就是七夕節）

但家長的回答竟是：

　　「明月中秋節」Bêng-goat Tiong-chhiu-chiat

（且待明月中秋夜）

原文以「天」和「月」對照，妙不可言。

父親強迫上書房

筆者才五、六歲的時候，就被家父強迫上書房。當時筆者已經從日式教育的幼稚園升上公學校(國民小學)，所以上書房是在下課後，也就是以學校爲優先。很愛玩、還分不清東南西北的頑皮孩子，因此被弄得哭哭啼啼。家父是十足的舊禮教信奉者，本身雖是生意人，卻似乎相信漢文才是眞正的學問。他十六歲的時候，台灣被日本統治，並沒有接受日本教育，日語只會 urusai(囉嗦)、yoroshi(好)、moshimoshi(喂)等兩三句，在這以前，大概上過書房。一有空就命令我們兄弟朗誦《四書》，興致一起就同聲朗誦，後來筆者從台北以及東京的留學寓居處寫信，如果特別在信中引用《四書》一、兩句，家父就大爲誇獎，匯錢時匯的比要求的數目多。

上書房的儀式

要上書房必須遵循一套相當鄭重的儀式。帶著葱 (chhang)、茗柴(bêng-chhâ：松柏的木片)、芹菜 (khûn-chhài)、糖豆、鷄蛋、米糕(bi-ko：八寶飯)等等，由家長陪同去拜師。「葱」和「聰」，「茗」和「明」，「芹」和「勤」同音，這是爲了討吉利。糖豆先供奉書房的衆神——孔子、魁星爺、文昌公——之後分給同班同學，當做加入行列的見面禮。先拜神，其次拜老師，然後由老師牽著手在草蓆上滾鷄蛋。根據傳說，蛋滾得越直，學生就越能得到優秀的成績(此項參考《民俗台灣》第3卷第8期所載，江

肖梅:〈書房〉一文)。

兩位書房老師

我們最初上的書房類似家塾。眾多的兄弟姐妹加上親戚的孩子,規模不小,聘請的老師是清末的秀才,名叫趙雲石。趙老師是台南有名詩社「南社」的泰斗,清癯如鶴,目光炯炯,威嚴十足。書唸不好,他就彎著手指頭用力敲學生的頭。我們稱之為 kháiⁿ o͘ kan-á(□烏橄仔),畏懼三分。父母對趙老師非常敬畏,經常準備熱呼呼的香茗和水煙,端出牛奶和蛋糕或麵當點心,送迎用人力車,年節的紅包又大又厚,古人所謂「天下為君、父、師」,老師的尊嚴留下深刻的印象。

台灣的俗諺有云:「先生無在館,學生搬海反」(Sian-siⁿ bô tsāi koán,ha̍k-seng poaⁿ hái-hoán)(老師不在,學生就鬧得天翻地覆),說得一點也不錯。我們在那個時候都把書本扔開,玩捉迷藏。

有趣的是上公學校二年級時,趙老師的少爺擔任班導師。他跟父親一樣瘦瘦的,脾氣暴躁,綽號「雷公」(lûi-kong),恰如其人。小趙老師拼命把教育詔勅(日本天皇有關教育的訓示)的精神灌輸到我們腦裏。這是只有台灣人才能體驗的奇妙無比的雙重生活、雙重精神教育。

在書房還練習書法,利用石版印刷印有朱紅色「上大人,孔乙己,化三千,七十士。爾小生,八九子,佳作仁,可知禮也」(Siōng-tāi-jîn,khóng-it-kí,hoà,sam-chhian,chhit-sip-sū,Ni siáu-seng,pat-kiú-tsú,ka tsok jîn,khó ti lé iá) 之類字樣的習字

帖,從最初步開始,用毛筆描摹。成績一目瞭然,所以家父都看紅圈的多少,賞給鉛筆或簿子。

趙老先生年邁去世時,筆者以為可以獲得解放了,老實說竊喜不已。沒想到父親卻請了自稱是詩人的叔父王棄人來接替。這位老師大腹便便,很會流汗,而且嘴饞,用「人之初性本善,先生偷挾雞腱」(Jîn chi chho˙ sēng pún sian, Sian-si" thau ngeh koe-kiān)(人之初性本善,老師偷挾雞嗉囊。「善」和「腱」押韻)這句話來諷刺,恰當不過。筆者跟這位老師學《四書》(Sù-su)、《千家詩》(Chian-ka-si),但哥哥姐姐他們已經上《幼學瓊林》(Iù-ha̍k-khêng-lîm) 和《秋水軒尺牘》(Chhiu-tsúi-hian chhiok-to̍k)。他們還學作詩,筆者也學了平仄,經常跟著別人搖頭晃腦。

這個老師唯一可取之處,就是不擺架子,有學生要求,就講些《七俠五義》(Chhit-kiap-ngó-gī) 之類的故事。南俠展昭 (Lâm-kiap-tián-chiau) 或艾虎 (Ngāi-hó˙) 等人大展身手的故事,聽起來令人摩拳擦掌,躍躍欲試,筆者對中國舊小說感到興趣,可以說是在這個時候被引起的。

高中時代再度上書房

不久,幾個姐姐相繼出嫁,我們到台北求學,家塾也就自動關門大吉。事實上,筆者並不覺得學漢文有什麼實際利益。家兄在世時蒐集歌仔冊 (koa-á-chheh),受到他的影響,筆者對解讀歌仔冊也深感到興趣。這需要漢字方面的知識。由於這個動機,每次放假回家,筆者都會去叔父開設的書房報到。父親不知道筆者有這種「下賤」的動機,很樂意地付學費。叔父的書房位於髒兮

兮的小巷盡頭的一棟房子樓上，他經常發牢騷說：「警察取締得很嚴，生意難做。」說是還得同時教日語和算術，筆者每次去都被抓公差，現學現賣當老師，儘管如此，學費卻一毛錢也不肯減，真不划算。筆者跟父親這麼說，然後兩個人大笑一番。

在個個衣衫襤褸，而且人數不多的學生當中，筆者被叔父捧為「狀元學生」(chióng-goán hak-seng)。他們的目的似乎是希望學尺牘去當商店的掌櫃什麼的。跟他們比起來，筆者的野心的確大多了——要解讀歌仔冊！後來筆者旋即遠赴東京留學，改唸新式的中國哲學。

把教科書換成歌仔冊

一九四四年夏天，筆者因為疏散的關係回到台灣，又開始在叔父的書房露面。這次自己挑選教科書，例如〈歸去來辭〉或《戰國策》。雖然中國哲學和文學在東京大學只學了一些皮毛，卻馬上發現書房老師的解釋很不可靠，根本不懂古典，因此筆者改變學習方式，改用歌仔冊當教材。老師目瞪口呆，但筆者採取「紅包」攻勢，也只好勉強接受。

老師習慣用文言音唸文章，但歌仔冊無法用文言音來唸，兩人左猜右猜煞費苦心唸出來的台灣話的意思，在知道它竟然是台灣話的常用詞語時，筆者高興得如獲至寶，但老師卻心存輕視、面帶苦笑。這種不同的感受，讓筆者領悟到原來彼此對台灣話的立場和關心的差異即在於此。

一八九六年到一九一九年，一手包辦台灣教育的國語學校曾經把台灣話當做正課之一，有紀錄可稽。根據現存的資料來研

判,筆者認為,他們這樣做並非想正面學習台灣話,而是像現在日本的學校對待漢文那樣,把古文當做日本語文中的一個領域,而不是當做中國語文來教。而警官典獄官訓練所的台灣話教學,或許採取研究現代台灣話的態度,但教學的對象一開始就不是台灣人。

如果書房一般的傾向都像筆者的叔父那樣,原本就沒有考慮到台灣話教育,我們可以下結論說:盤古開天以來,台灣人未曾接受過台灣話的正規教育。

死心塌地學台灣話

戰後,筆者叔父和一般人都認為日語的壓力已經去除,漢文以後能夠昂首闊步、通行無阻。叔父狹小的書房容納不下蜂湧而至的學生,讓他既高興又叫苦不迭。但期待一下子就落空了。公用語言是北京話。既然如此,上北京話補習班才是捷徑。實際上,北京話補習班有如雨後春筍紛紛設立,到處都擠得水洩不通,和目前補習班的盛況不相上下。寫的不是古典的文言文,而是一種採納不少白話文體裁、頗為獨特的文章。這是向來的書房所無法應付的。

當時筆者在台南中學擔任教員,教歷史地理,又得靠叔父幫忙。教育局通令上課不能用台灣話,筆者置若罔聞,始終不改用台灣話講課的作風。在這種情況下,尤其切身感覺到自己的台灣話實力很差,就把學校的教科書拿去當書房的教材。不過,要把用北京話寫成的教科書翻譯成台灣話並非易事。

很早以前,筆者出席過左派華僑總會主辦的二二八紀念大

會。會中有人用台灣話宣讀以北京話寫成的大會決議，很難聽懂。把「我們」直譯爲 ngó-bûn，「多麼漂亮？」直譯爲 to-mō͘ phiàu-liāng a 根本就行不通，加上台灣話的漢字發音又亂發一氣，更是不知所云。

筆者在中學用什麼台灣話講課，現在回想起來，不禁冷汗直流。但筆者上書房的多年經歷，回想之下，似乎也是因爲一心一意想學好台灣話的緣故。

那麼筆者是否達成目的？答案是一半肯定一半否定。理由留待下回說明。

文言音、白話音和訓讀(1)

三種發音

一個漢字用台灣話唸，有三種唸法──文言音、白話音和訓讀。這一點究竟有多少人知道？

例如「黑衣社」，筆者聽起來，都是說成 O·-i-siā，沒有人說成 Hek-i-siā。說的人一定也單純認為「黑」是 o·，用漢字寫成「黑」。

o· 要寫成「烏」才對。它應該是「月落烏啼……」的「烏」，常在水牛背上的小鳥 o·-chhiu(烏秋)的「烏」。

但這種錯誤很普遍，並非只限於「黑衣社」一詞。下面來探討一下它的理由。

用假借字的原因

前面一再提到，台灣話(乃至福建話)純粹是做為口頭語而發

展的。而且一般認為,這個方言在中國許多方言中最為保守,承
襲並保留較多的中原標準語──年代最晚不會晚於四世紀──的
面貌。並不是說只有這個方言繼承中原標準語,北京話、蘇州
話、廣東話、客家話多少也繼承一些。所以詞形彼此對應的語詞
很多。「頭」在台灣話是 thâu,北京話是 tóu,蘇州話是 dü,
廣東話是 tau,客家話是 teuna(蘇州話以下省略調號),漢字都寫
成「頭」。台灣話的詞彙大部分屬於漢語系統,照理應該都能用
漢字書寫,其實不然。這是因為長久以來沒有努力使它成為書面
語的緣故。為何放棄這種努力?則是因為在書面語原則上是文言
文的傳統觀念下,方言的紀錄一向被認為粗俗低級、受到輕視的
社會風氣所致。或許有人會反駁說:《詩經》(Si-keng) 不是收錄
許多各地的民謠嗎?但《詩經》所收錄的並非原有的形式,而是
被中央文壇擷拾,經過粉飾精鍊之後才得以保存於記錄中。

　　另一方面,即使利用多達五萬字的漢字龐大庫存,似乎也難
以正確書寫台灣話的詞彙,如非保存於記錄中的漢字,字典就沒
有收錄,字義的描述也是根據原來的記錄。而記錄只有受到中央
文壇承認的,才會留下來。因此,方言的詞彙在現存既有的記錄
中很難發現。

　　儘管如此,如果我們漢字的知識很豐富,找出正確漢字的作
業大概也比較容易。可是我們對漢字懂得不多,靠些許的漢字知
識,想要替台灣話的詞彙配上正確的漢字,顯然徒勞無功。偶爾
出現漢字知識很豐富的碩學鴻儒,所用的漢字也許很正確,但如
果對一般人來說難了一些,就白費苦心,良幣將被劣幣驅逐。於
是他也只好和多數的暴力妥協,降低知識的層次,使用能被大家

接受的假借字。

何謂訓讀？

　　把漢字用做假借字，從唸法來說就是訓讀。訓讀 (kundoku) 是日本漢字的一種唸法，日本國語學會編：《國語學辭典》(1955年8月，東京堂發行) 所下的定義：「訓讀亦稱和讀 (wadoku)。①以『訓』讀漢字之謂。②照日語語法逐字譯讀漢字之謂。」就①而言，進一步查「訓」這個項目，有如下的解釋：「根據漢字的意義譯成的日語。和『音』(on) 相對，讀日本所用漢字時，或用音，或用訓，讀二字以上詞語，有時混用『音』『訓』。例如地名『富士』讀成 fuji 是『音』，『淺間』讀成 asama 是『訓』，『安中』讀成 an(音)naka(訓) 是二者混用。故漢字用於日文時，有『音』『訓』兩種讀法。例如『國』音讀 koku，訓讀 kuni；『山』音讀 san 或 sen，訓讀 yama；『神』音讀 shin 或 jin，訓讀 kami；『人』音讀 jin 或 nin，訓讀 hito。」

　　台灣話的訓讀，意義、用法當然和日語不同。如果日語的訓讀可以說是把從中國輸入的漢字翻譯成日本固有的大和語言 (yamatokotoba)，台灣話的訓讀就可以說是用方言翻譯借自中央的漢字。漢字和日本固有的大和語言是兩種不同的語言，但借用的漢字和方言並非不同的語言。這一點和日語的情況不同，比較複雜。

海南島方言的「訓讀」現象

中國話的訓讀現象，福建話似乎特別顯著，但不太受到學者注意。據筆者所知，第一篇正面探討這個問題的是中國語文編輯委員會發行：《中國語文》總第六十期(1957年6月，北京)所載詹伯慧：〈海南方言中同義字的「訓讀」現象〉一文(或許尚有其他論文，乞各位先進賜知)。以下簡單說明詹伯慧論文的內容：

> 住在海南島的漢人絕大多數用閩南系統的方言，其中存在着饒富趣味的現象。像「懂」「識」之類的類義詞，唸時只有 bak 一種發音。但寫的時候，尊重詞義和慣用加以區別。例如「知識分子」讀成 tai-bak-hun-tsi(照原文用寬式音標)，但一定寫成知「識」分子，不寫成知「懂」分子。同樣地，「望」「看」讀成 mo，寫時不許混用。「兄」「哥」讀做 ko。「黑」「烏」讀做 ou。「思」「想」讀做 tio。「細」「幼」讀做 iu。「不」「沒」「無」讀做 bo。「下」「落」讀做 lo2。這是比台灣話有過之而無不及的訓讀現象。

詹伯慧推測這個現象產生的理由，認為在出現眾多類義詞的情況下，其中之一在口頭語言被用來做代表，其他的類義詞則被排斥於口頭語外。但被排斥的詞語，在文言記錄中仍獲保存，才有這個現象。

筆者的批判

筆者對詹說站在批判的立場。與其說是類義詞陸續出現，不

如認爲同一概念在甲地叫做 A，在乙地叫做 B，集合而成 ABCD……，或是認爲某地以前把它叫做 A，現在叫做 B，集合起來才有許多的類義詞。但本來所謂類義詞，是指在一個語言內部，從共時的觀點，也就是在現在這段時間，大致具有同樣意義的兩個以上的詞語而言。

　　一千九百年前，揚雄(BC53年～18AD 年)所撰的《方言》是一部方言詞典。這本書收錄漢代相當於今日華北、華中、四川、江浙地方的方言，是彌足珍貴的文獻，說明採「黨、曉、哲，知也。楚謂黨或曉。齊宋之間謂哲」的形式。「黨」「曉」「哲」以及「知」係因地而異的說法，不能算是類義詞。

　　現在台灣話還存在着「懂」「識」「知」這些漢字(語音形式)。「懂」(靠經驗獲得的知識)，和海南島方言對應的形式是 bat 或 pat，漢字應爲「八」，保留《說文》所謂「別也」之義(又 tsai「知道」的正字並非「知」)。「懂」是「不懂」(put-tóng：不正常、笨)，「識」是 sek(〔小孩〕聰明)，「知」是「知識」(ti-sek)的構詞成分。筆者認爲，這是不同時代借自其他方言(可能是複數)的詞語在台灣話的詞彙體系中獲得適當地位的現象。海南島方言不可能只靠一個 bak 字，來總括表達 bak 這個微妙的認知活動。因此詹伯慧的調查報告還無法讓筆者接受。

　　上面講的也許不容易懂，總而言之，只要各位知道有「訓讀」這個現象即可。

訓讀和白話音混爲一談

　　和訓讀被混爲一談的是白話音。廈門地方把二者都叫做「解

說」(koé-seh)，把文言音(詳後)叫做「孔子白」(Khóng-tsú-pèh)，相互對立。台灣則叫做「土音」(thó͘-im) 或「俗音」(siòk-im)。

把訓讀和白話音混爲一談，是來自古老的傳統。前面一再提到通俗韻書《十五音》，一百五十年前就在福建地區流通，有的版本非常親切，文言音印成紅字，白話音和訓讀印成黑字，二者混爲一談，肇始於此。例如「門母 (b-) 居韻 (-i) 上聲」也就是 bí 項下有紅「美」字，意思是「嘉也，好也，甘也」。又「時母 (s-) 規韻 (-ui) 上聲」亦即 súi 項下則有黑「美」字，意思是「有妍色也，曰美」。「美」讀爲 súi，是訓讀。但其他眞正屬於白話音的，例如「山」(文言音 san)soaⁿ 同樣以黑字印刷，所以訓讀和白話音無法區別。

英人甘爲霖所著《廈門音新字典》，也和他們標榜合理主義的工作不太適稱，沒有區分訓讀和白話音。「súi(美 Bí)súi-giang-giang……」和「soaⁿ (山 San)Soaⁿ-tang，Soaⁿ-sai，……」採用同樣的體裁(大寫字母代表文言音，是煞費苦心的記號)。

情況如此，因此，外來的專家完全受到眩感。連三年前去世的中國有名音韻學家羅常培，在《廈門音系》(1931年初版，1956年重刊，北京)一書中，也將二者混爲一談，煞費苦心想找出文言音和白話音的語音對應規律。

例如：　　　(前者爲文言音)

短　　　toán：té

煙　　　ian：hun

賭　　　tó：kiáu

人　　　jin：lâng

斟		chim：thîn
賢		hiân：gâu
在		tsāi：tī
殺		sat：thâi
肉		jiok：bah
不		put：m̄

但要找出文言音和白話音的的語音對應規律，必須先將訓讀的漢字篩選出來，留下眞正屬於白話音的漢字才行。

破音現象

一個漢字有兩種以上的發音時，有兩種完全不同的情況。一種是「破音」，即台灣話所謂「讀鉸破」(tha̍k-ka-phoà)，另一種是白話音。

碰到必須「讀鉸破」的字，書房老師就用朱筆在字的右上角加一點。唸古文時有些麻煩。

王	名詞	（王）	ông
	動詞	（爲王）	ōng
朝		（早晨）	tiau
		（朝廷）	tiâu
重	形容詞	（重）	tiōng
	動詞	（重複）陪伴詞（～層）	tiông
傳	名詞	（傳記）	toān
	動詞	（傳）	thôan

例子不勝枚舉。這是先有一個原義，然後出現了引申義。何

者爲原義，各人看法不同。但站在共時的觀點，應該視爲不同的詞(實際上發音也不同)，只是偶然用一個漢字書寫而已。

白話音層次古老

下面談白話音，白話音的妙處是同類相聚。以聲母爲例：

(非母字)

飛	hui：pe	分	hun：pun
費	hùi：pùi	放	hòng：pàng

(敷母字)

蜂	hong：phang	紡	hóng：pháng
捧	hóng：phóng		

(奉母字)

扶	hû：phô͘	縫	hōng：phāng

(書母字)

少	siáu：chió	水	súi：tsúi
守	siú：chiú	升	seng：chin
試	sì：chhì	手	siú：chhiú

(禪母字)

上	siōng：chiūⁿ、chhiūⁿ		
石	sėk：chioh	十	sip：tsap
成	sêng：chiâⁿ、chhiâⁿ		
樹	sū：chhiū	常	siông：chhiâng

(云母字)

雨	ú：hō͘	園	oân：hôg

遠　　oán：hn̄g

（匣母字）

話	hoā：oē	紅	hông：âng
黃	hông：n̂g	學	ha̍k：o̍h
糊	hô͘：kô͘	寒	hân：koâⁿ

「～母」指以前提到的漢字戶籍的指標——《切韻》(601年)所示的中古音體系而言。

　　一般人認爲白話音是文言音走了樣的發音，常心存輕視，其實不然。從整體上來說，白話音的層次比文言音的層次古老，二者相互重疊。詞彙和語音均是如此。

　　清代學者錢大昕有一個重要的發現：「古無輕唇音。」他斷定北京話、蘇州話、廣東話的 f- 音是後來新出現的變化(唐末)，以前應爲 p-、ph-，而非 f-。錢大昕並未利用福建話的資料，而是從文字學方面加以推測，其實福建話的白話音(客家話亦然)像飛、分、放、痱等等不就是活生生的證據？文言音的 h- 是在〔p〕——〔Φ〕(吹滅蠟燭時雙唇微攏所發的摩擦音)——〔f〕的變化過程中，模倣〔Φ〕音而產生的。

　　其他例子也反映出白話音比文言音層次古老。艱澀的說明一概省略，總之，各位讀者應改變觀念，錯誤的成見應該「過則勿憚改」。

韻母明顯的差異

文言音和白話音的不同，以韻母爲甚。

◇ 文言音-o 對白話音-oa

歌	ko：koa	我	ngó：goá	
拖	tho：thoa		（歌韻開口一等字）	

◇ 文言音-o 對白話音-oa 或-e(台南腔-oe)

破	phò：phoà	過	kò：koà
火	ho͘ⁿ：hé	果	kó：ké

（戈韻合口一等字）

◇ 文言音-a 對白話音-e

馬	má：bé	茶	chhâ：tê
加	ka：ke	蝦	hâ：hê

（麻韻開口二等字）

◇ 文言音-oa 對白話音-oe

瓜　koa：koe　　　　跨　khoà：khoè

花　hoa：hoe　　　　　　　　（麻韻合口二等字）

◇ 文言音-u 對白話音-o˙（但限於唇牙喉音）

夫　hu：po˙　　　　斧　hú：pó˙

雨　ú：hō˙　　　　　　　　　（虞韻合口三等字）

◇ 文言音-ai 對白話音-e

代　tāi：tē　　　　胎　thai：the

賽　sài：sè　　　　改　kái：ké

　　　　　　　　　　　　　　（哈韻開口一等字）

◇ 文言音-ai 對白話音-oa

帶　tài：toà　　　　賴　nāi：loā

蔡　chhài：chhoà　　蓋　kài：koà

　　　　　　　　　　　　　　（泰韻開口一等字）

◇ 文言音-ai 對白話音-oe（台南腔-e）

買　mái：boé　　　　債　tsài：tsoè

街　kai：koe　　　　鞋　hâi：oê

　　　　　　　　　　　　　　（佳韻開口二等字）

◇ 文言音-e 對白話音-i 或-ai

謎　bē：bī　　　　弟　tē：tī

第　tē：tāi　　　　犀　se：sai

　　　　　　　　　　　　　　（齊韻開口四等字）

◇ 文言音-i 對白話音-ia

寄　kì：kià　　　　奇　ki：khia

騎	khî : khiâ	蟻	gî : hiā	

（支韻開口三等字）

◇ 文言音-i 對白話音-ai(但齒頭音和正齒音除外)

眉	bî : bâi	利	lî : lāi	
犀	sî : sái			

（脂韻開口三等字）

◇ 文言音-iau 對白話音-io

表	piáu : pió	笑	chhiàu : chhiò	
釣	tiàu : tiò	腰	iau : io	

（宵韻開口三四等字、蕭韻開口四等字）

◇ 文言音-o 對白話音-au

倒	tó : táu	老	ló : lāu	
灶	tsò : tsàu	草	tsó : tsáu	

（豪韻開口一等字）

◇ 文言音-au 對白話音-a

飽	páu : pá	罩	tàu : tà	
吵	chháu : chhá	孝	hàu : hà	

（肴韻開口二等字）

◇ 文言音-o˙ 對白話音-au

兜	to˙ : tau	頭	thô˙ : thâu	
走	tsó˙ : tsáu	口	khó˙ : kháu	

（侯韻開口一等字）

◇ 文言音-iu 對白話音-au

晝	tiù : tàu	流	liû : lâu	
九	kiú : káu			

（尤韻開口三等字）

◇ 文言音-am 對白話音-aⁿ

　擔　　tam：taⁿ　　　　藍　　lâm：nâ

　三　　sam：saⁿ　　　　取　　kám：káⁿ

　　　　　　　　　（談韻一等開口、咸銜韻開口二等字）

◇ 文言音-iam 對白話音-iⁿ

　簾　　liâm：nîⁿ　　　　染　　liám：nîⁿ

　鉗　　khiâm：khîⁿ　　　添　　thiam：thiⁿ

　　　　　　　　　（鹽韻開口三等字、添韻開口四等字）

◇ 文言音-an 對白話音-oaⁿ

　單　　tan：toaⁿ　　　　炭　　thàn：thòaⁿ

　散　　sán：soáⁿ　　　　汗　　hān：koāⁿ

　　　　　　　　　　　　　（寒韻開口一等字）

◇ 文言音-ian 對白話音-iⁿ

　變　　piàn：pīⁿ　　　　篇　　phian：phiⁿ

　扇　　siàn：sīⁿ　　　　錢　　chhiân：chîⁿ

　　　　　　　　　　　　（仙韻開口三四等字）

◇ 文言音-ian 對白話音-iⁿ 或-eng

　邊　　pian：piⁿ　　　　天　　thian：thiⁿ

　千　　chhian：chheng　先　　sian：seng

　　　　　　　　　　　　　（先韻開口四等字）

◇ 文言音-oan 對白話音-oaⁿ

　搬　　poan：poaⁿ　　　　判　　phòan：phòaⁿ

　官　　koan：koaⁿ　　　　歡　　hoan：hoaⁿ

　　　　　　　　　　　　（桓韻合口一等字）

◇ 文言音–oan 對白話音–ng

飯	hoān：pn̄g	勸	khòan：khǹg
園	oân：hn̂g		（元韻合口三等字）

◇ 文言音–in 對白話音–an

密	bit：bảt	親	chhin：chhan
陳	tîn：tân	實	sit：tsảt
			（真韻開口三等字）

◇ 文言音–un 對白話音–ng

門	bûn：mn̂g	孫	sun：sng
嫩	loán：nn̂g	昏	hun：hng
			（魂韻合口一等字）

◇ 文言音–iong 對白話音–iu^n（但齒上音除外，台南腔–io^n）

娘	liông：niû	象	siōng：chhiū^n
章	chiong：chiu^n	鄉	hiong：hiu^n
			（陽韻開口三等字）

◇ 文言音–ong 對白話音–ng

榜	póng：pn̂g	糠	khong：khng
光	kong：kng	黃	hông：n̂g
			（唐韻一等字）

◇ 文言音–eng 對白話音–in

即	chek：chit	稱	chhèng：chhìn
升	seng：chin	興	heng：hin
			（蒸韻開口三等字）

◇ 文言音–eng 對白話音–i^n

猛　　béng：mí　　　　生　　seng：si^n

更　　keng：ki^n　　　省　　séng：si^n

（庚韻開口二等字）

◇ 文言音–eng 對白話音–ia^n

命　　bēng：miā　　　京　　keng：kia^n

領　　léng：niá　　　　正　　chèng：chià^n

（庚清韻開口三等字）

◇ 文言音–ong 對白話音–ang

東　　tong：tang　　　公　　kong：kang

冬　　tong：tang　　　鬆　　song：sang

（東冬韻合口一等字）

◇ 文言音–iong 對白話音–eng(但唇音除外)

中　　tiòng：tèng　　　弓　　kiong：keng

松　　siông：chhêng　　胸　　hiong：heng

（東鍾韻合口三等字）

◇ 文言音–p，–t，–k，對白話音–h

塔　　thap：thah　　　甲　　kap：kah

獵　　liap：lah　　　　笠　　liap：loeh

八　　pat：poeh　　　　裂　　liat：lih

舌　　siat：chih　　　　活　　hoat：oah

約　　iok：ioh　　　　　學　　hak：oh

白　　pek：peh　　　　　赤　　chhek：chhiah

文言音和白話音的不同及於聲調

　　文言音和白話音大體上聲調相同，但也有若干不同之處。

◇ 文言音上聲對白話音陽去聲

齩	ngáu：kā	五	ngó：gō·
雨	ú：hō·	有	iú：ū
兩	lióng：nňg	老	ló：lāu

（屬於中古音「上聲次濁音」的字）

◇ 文言音陽平聲對白話音陰平聲

| 貓 | biâu：niau | 模 | bô·：bong |

（中古音「入聲次濁音」字）

◇ 文言音陽入聲對白話音陰入聲

| 落 | lo̍k：lak | （中古音「入聲次濁音」字） |

　　問題在於這些都是中古音次濁音字。不只是台灣話(以及福建話)，中國各方言次濁音字的聲調，反正都有問題。筆者好友東京大學敎授平山久雄就是專門研究這一方面。

台灣話的一大特徵

　　上面列舉兩百個左右的字，都是極爲淺近的漢字。筆者曾就兩千七百個常用漢字(1955年七月出版，中國科學院語言研究所編：《方言調查字表》)加以調查，結果發現其中九五〇字，亦即百分之三十五左右有白話音。如將調查的範圍擴大，百分率將按幾何級數減少。自古就經常使用的漢字才有可能在其中(片斷地)保存白話音，如果不查字典就不知道其發音和意義的罕用字，是怎麼找也找不到白話音的。

　　不過上述數字已經是台灣話(乃至福建話)令人驚奇的一大特

徵。北京話也有文言音和白話音的不同。例如：

白	bó：bái	肉	rù：ròu
鑰	yuè：yào	勒	lè：lēi
六	lù：liù	麥	mò：mài
宅	zhè：zhái……		

（前者是文言音，標音用北京話拉丁字母）

但數目很少，根本無法和台灣話比。因此常聽到有人抱怨說：「台灣話眞麻煩！一個漢字有兩三種讀法。還是北京話簡單乾脆。」這也難怪，用漢字書寫台灣話時，這是很麻煩的問題，怎麼麻煩？留待下一講討論。但另一方面，對於語言學家來說，很少有這麼有意思的研究題目。即使枯燥無味，還請各位再陪筆者一段時間。

以往的研究和筆者的批判

文言音和白話音何以出現此種歧異？前台北帝國大學教授小川尙義在《日台大辭典》〈緒言〉(1907年)中說：「俗音通常雖可視爲讀書音之轉訛，但有時在俗音中卻能發現古形。」(頁163)也就是認爲大部分的白話音是文言音的變形。

羅常培在《廈門音系》(1931年，1956年)中表示：「……牠們(文言音和白話音)轉變的情形十分複雜，很難用單元的理論說明牠們的原故，即如話音裏面，『騎』『奇』『崎』『蟻』讀成-ia韻；『熊』保留-m尾；『獅』『師』『死』『字』『辭』『四』不變-u韻；以及『富』『沸』『婦』『肥』保存 b 聲；『芙』『麩』『蚊』『浮』保存 p 聲；『株』『注』保存 d 聲；

『蠹』『茶』保存七聲之類；自然要比字音(文言音)較早。但是像半鼻韵的變成，入聲韵尾的丟掉，話音(白話音)又在在有變古之徵。……」(頁48)。像羅常培這麼大牌的學者，上述說明未免過於簡略。

台灣大學教授吳守禮在《福建話研究導論》(1947年)中，很大膽地進一步論及福建話的成立。他說：「福建民族恐怕是和吳音系的民族操同樣的語言，南下定居於福建後，正當唐宋時代文化隆盛期，重新學習中原的新音亦即標準音，成為文言音。而原來的發音不是消滅就是保留於白話中，結果兩個系統竟至形成一個語言，恰似日本的漢字音由漢音和吳音混合而成。」

到目前為止，論及文言音和白話音的不同者，上述三人可以說名聲響叮噹。他們的說法各有道理，但很難讓筆者滿意。文言音還好，查字典就能找到，但白話音的資格審查本就寬鬆，這樣根本無法建立精密的比較對應。把訓讀誤認為白話音，不值得討論，即使同樣被認為是白話音，當中也有必須分開處理的例子，卻常被混為一談。例如「龜」，一般認為是 kui：ku，但文言音屬於「脂韻合口三等見母」，和「雖，水，軌，位」一類，-u 這個白話音非常可疑。但仔細研究之下，發現「龜」的「又音」是「尤韻開口三等見母」，也就是和「久，牛，舅，舊，有」屬於同一類，ku 即其白話音。

白話音被稱為俗音或土音，有受輕視的傾向，因此常把來自外地的發音貶為白話音，本地的發音則抬高身價視為文言音。甘為霖的《廈門音新字典》以泉州系統的台灣話為依據，所列舉的「余」û：î，「虛」hu：hi，「涼」liông：liâng 等字，在漳州

話(《十五音》)排列的順序正好相反,特別註明「海腔也」。

以此種資格審查爲作業前提,試將純正的白話音和文言音加以比較。很明顯的是,白話音混雜著好幾種成分在內(如何加以抽出又是一大工程),和文言音系屬不同。筆者贊成吳守禮的複數系屬論,但尚無信心斷言白話音屬於吳音系。至於小川尙義和通俗的說法以爲白話音是文言音的轉訛,筆者認爲這種可能性幾乎沒有。

例如白話音最大的特徵——鼻元音 -ⁿ 和入聲喉塞韻尾 -h,究竟出現於文言音體系完備之前或之後,無法斷言,很有可能是某一時期某一方言的借用音。中古音的韻母系統本就有「寬元音＋弱韻尾」＞型即所謂「外轉」和「狹元音＋強韻尾」＜型即所謂「內轉」的對立。白話音的 -ⁿ 和 -h 都見於外轉,顯示出ⁿ是鼻音韻尾 -m、-n、-ng 的弱化,-h 是入聲韻尾 -p、-t、-k 的弱化,文言音則找不到內外轉的對立。因此複雜的白話音不可能從單純的文言音轉訛而來。

有關文言音和白話音歧異的研究,困難重重,筆者也還在研究的過程中,沒有足夠的實力能以深入淺出的方式,把艱澀的內容簡單加以說明,讓一般人也看得懂,只能點到爲止。反正只要能讓各位了解,把白話音視爲粗俗的發音加以輕視是不對的,就夠了。

第⑬講

文言音、白話音和訓讀(Ⅲ)

研究之樂　運用之苦

　　文言音、白話音和訓讀的問題，如果往上追溯，探討歧異的來源，一定會面臨上古漢語(先秦時代)以迄中古漢語(隋代)的音韻變化，以及中國方言(尤其是南方方言)的分裂和接觸等問題。這些問題在今天尚未完全獲得解決，對於研究中國話的學者來說，正是一顯身手的最佳領域。不過條件最好的是以台灣話(乃至福建話)為母語的台灣學者(乃至福建學者)，而非以官話方言為母語的人。外人即使一時興起研究這個方言，也會在小地方遭遇失敗，羅常培即其一例，上面已經提到。

　　但音韻學家感到趣味無窮的白話音、文言音和訓讀的問題，對於一般使用台灣話的人來說，正如筆者一再強調，是最傷腦筋的問題。台灣話一直未能發展成書面語，可以說原因即在於此。一九二〇年代，我們的上一代發憤圖強想利用台灣話留下記錄，

但因過度牽就漢字，結果還是在文言音、白話音和訓讀的死胡同內迷失方向，還沒有找到出口，就被日本總督府宣告不准思考，努力也化爲泡影。因爲七七事變後，總督府禁止使用台灣話發表文章，那麼如果當時沒有被剝奪自由，現在問題是否有可能已經獲得合理的解決？從當時台灣人的意識和研究的階段來看，筆者不能不下悲觀的判斷。

漢字在台灣話中注定的命途

文言音、白話音和訓讀的問題，宛如漢字在台灣話中注定的命運。因爲漢字的字形一旦固定之後，幾乎不會產生變化，而漢字所代表的發音和意義則與時俱遷。不僅限於台灣話，每個方言都是如此。但台灣所依據的福建話很早就脫離中原文化圈，在福建地方形成「方言島」，同時還受到中原文化圈和鄰近方言的極大影響，語言體系和詞彙不斷發生變化。很糟糕的是，每個時期幾乎都沒有留下記錄。現在突然要用漢字書寫台灣話，過去的累積，乃至於偏差，就會一下子全部出現，無法立刻加以處理。

比方說一個漢字，古代典籍或中原的記錄已經賦予一個固定的觀念，即使其中發現台灣話特有的用法和意義，一般人也不會輕易相信，也許反而會覺得可疑。即使筆者主張 siáu「瘋」的正字是「小」，一般人大概會認爲「小」只有「小」的意思，譏笑筆者牽強附會。對這些人來說，用「狂」kông 字來寫，並讀成 siáu，太概反而不會有排斥感。但用「狂」字寫 siáu，很不合理，立刻會波及其他部分。台灣話其實另有 kông「狂」一詞，意思是「狂亂、慌、入迷」(據《台日大辭典》)。用漢字寫成

「儞著狂甚麼」，如「狂」唸成 siáu，意思就是「你在瘋什麼？」，如唸成 kông，意思是「你慌什麼？」，二者完全不同。

hū-jîn-lâng 這個詞，意指「婦女，內人」，普通寫成「婦人人」，把第二個音節的「人」唸文言音，第三個音節的「人」唸白話音，沒有人會覺得奇怪。但「人」不可能找到 lâng 這個白話音，正確的漢字是「儂」，也就是應該寫成「婦人儂」。我們因此可以知道這個詞的由來。首先，台灣話有個相當於英語的 -er(……的人)這個後綴。有這個後綴的詞，例如 ta-pơ·-lâng(查夫儂──男人)、thó-hái-lâng(討海儂──漁夫)、sán-hiong-lâng(散□儂──窮人)；女人，是 tsa-bó·-lâng──查某儂。後來輸入 hū-jîn(婦人)這個文言詞，因而產生 hū-jîn-lâng 這個新詞，於是 hū-jîn-lang 這個高雅的詞和 tsa-bó·-lâng 這個粗俗的詞，就並存於台灣話中。

下面的例子涉及音韻學。「上」除了文言音 siōng 之外，還有白話音 chiũⁿ 和 chhiũⁿ。漳州腔的文言音是 siāng，白話音是 chiōⁿ chhiōⁿ。「上海」唸成 Siōng-hái(漳州人說成 Siāng-hái)才對，但「上山」唸成 chiũⁿ soaⁿ，「上青苔」(長青苔)必須唸成 chhiũⁿ chhiⁿ -thî。這個送氣音和不送氣音的不同，因為「上」屬於陽去字，而陽調(包括陽平、陽去、陽入)字，在台灣話有兩種情形或唸不送氣或唸送氣。這也許是因為兩個系統的發音合而為一的緣故，但真正的原因還不清楚。

有的詞唸法不同，純粹由於任意的習慣。人名、地名等專有名詞尤其多。「東京」應唸成白話音＋白話音 tang-kiaⁿ，如唸

成文言音＋文言音 Tong-keng，文言音＋白話音 tong-kiaⁿ，
或白話音＋文言音 tang-keng，就無法聽懂。同樣地，「長
崎」必須唸成文言音＋白話音 tiông-kiā，「大阪」必須唸文言
音＋文言音 tāi-pán。但像「蔣介石」就唸法不一，或唸成文言
音＋文言音＋文言音 Chióng-kái-sék(漳州人唸成 Chiáng-kai-sé
k)，或唸成白話音＋文言音＋文言音 Chiúⁿ-kái-sék(漳州人唸成
Chióng-kái-sék)，或唸成白話音＋文言音＋白話音 Chiúⁿ-kái-
chióh，並不統一。

　　另外，有的詞彙尚未找到正確的漢字，要命的是這些詞多屬
於基本詞彙。下面舉出若干例子：

chit	正字是「即」？		這
hit			那
chia			這兒
hia			那兒
ê	正字是「兮」？		……的
tè	（陪伴詞）		個
koh			又
beh			要
lán			咱們
théh			拿
gín-á			小孩子
bái			醜
kiáⁿ			兒子
iáu			還

tāi-chī　　　　　　　　　　　　事情

從文學運動走向語言問題

　　正面以台灣話的書寫法為研究對象，當然會遭遇這種棘手的問題。但我們的上一代，老實說並非一開始就下定決心主動面對這個問題，而是在廣泛展開運動試圖振興台灣文化文學之際才遭遇這個問題的。

　　這一點在日後論述台灣文學史時必須再度探討，起因是台灣受到大陸文學革命的影響，產生新文學運動。和新文學相對的舊文學是吟詠花鳥風月、無病呻吟的漢詩。和大陸一樣，新舊文學論爭有一陣子如火如荼，當然的結果是新文學居於上風，問題在於當時的新文學是北京話白話文的輸入，部分台灣人立刻嫻熟掌握北京話白話文，也出現若干詩文小說，但不久就陷入山窮水盡的地步。因為他們知道白話文如以北京話為依據，仍然是和台灣民眾無緣的文學形式，跟漢詩無異。眾所周知，殖民地的文化運動經常和政治運動互為表裏。換言之，文化運動其實就是廣義的政治運動。當時台灣的知識份子，當務之急是如何使自己的文化政治運動滲入一般羣眾之間，建立廣泛的基礎。他們知道要向羣眾呼籲，得到支持，非得靠羣眾的語言——台灣話——寫的文章不可。

　　但知識份子之間，內心似乎有一絲自卑感，認為台灣話是粗俗的語言，不適合用來負載文化(現在的台灣人也不能說沒有這種自卑感)。

拋棄自卑感！

因此，一九二七年鄭坤五編纂《台灣國風》，宣稱「台灣的褒歌(po-koa)價值等於《詩經》三百篇」，不啻投下一顆炸彈。褒歌是採花時男女對唱的情歌：

> 含笑開花香過山 (Hâm-chhiàu khui hoe, phang ké soaⁿ)
>> 含笑花開香滿山
> 水仙開花好排壇 (Tsúi-sian khui hoe, hó pâi toâⁿ)
>> 水仙花開置几賞
> 神魂與嫂迷一半 (Sîn-hûn hō͘ só bê chit-poàⁿ)
>> 娘子迷人魂離竅
> 克虧哥仔要按怎 (Khek-kui ko á beh án-tsóaⁿ)
>> 叫哥如何解愁腸
>>>（摘自平澤丁東編《台灣的歌謠與名著故事》）

也就是說，鄭坤五把它和《詩經》的「關關睢鳩，在河之洲，窈窕淑女，君子好逑……」置於同等地位，但並沒有引起什麼反響，大部分的台灣知識份子恐怕都張皇失措，目瞪口呆。其次大概對這種說法感到非常惶恐。多數目不識丁的台灣男女對唱的情歌，是否能和孔子保證「思無邪」的《詩經》比擬？或是我們抱著不必要的自卑感？黃石輝是深受鄭坤五的發言感動的人之一。一九三〇年，黃石輝在以啓蒙爲主的文藝雜誌《伍人報》發表〈怎樣不提倡鄉土文學〉，對鄭坤五的提議具體加以潤飾。其中，他曾就台灣話的問題主張：「(1)用台灣話寫成各種文藝，(2)

增讀台灣音。」他說：「所謂用台灣話寫成的意思，㈠排除那些用台灣話說不出來的，改用台灣的口音，例如『拍馬屁』，我們應該換寫『扶玍泡』，『好笑得很』我們應該換寫『極好笑』……㈡增加台灣持有的土話，例如『我們』這個字，在台灣有兩種用法——有時用做『咱』，有時用做『阮』……」

　　他認爲：「所謂增讀台灣音的意思，就是無論什麼字，有必要時，便讀土話，例如：『食』字雖然讀做 sit，但用於『食飯』的時候，便不該讀做 sit hoàn，而應該讀做 chiah pn̄g，又如『人』(jîn) 來說，應該把它讀做 lâng，但有時不可不讀本音。如用於『人物』的當兒，便應該讀做 jîn-but，而不可讀做 lang-mih 了……。關於讀音一事，其實不必怎樣提倡，要是我們會寫，人家便會唸，譬如你寫『美人』，人家必然要讀做 bijîn，如果你寫『美查某』，人家必然會讀『美』做 súi 的。」

　　讀者由這一段話可知，當時台灣的知識份子在承認古典和北京話白話文的價值之餘，對於用台灣話唸漢字時有兩種甚至於三種不同的發音，抱有自卑感。所謂兩種或三種發音，指文言音、白話音、訓讀而言，他們認爲文言音才是眞正的發音，很文雅，白話音和訓讀是變了樣的發音，很粗俗。這是他們所下的價值判斷，而且他們不分白話音和訓讀，一律稱爲土音 (thó-im) 或俗音 (siok-im)。

　　爲何會產生這種價值判斷？理由很簡單，讀古典時必須用文言音。《三字經》開頭第一句「人之初」，讀做 Jîn chi chho，如讀成 Lâng chi chhe，會被書房老師敲腦袋。覺得文言音很文雅，是因爲查字典一定有它的發音。換言之，它是有來歷的發

音。一方面也因為它是作舊詩文時所用的發音，比較起來，「土音」和「俗音」來歷不正，又沒古典可為依據，說得極端一些，就是不值得讀書人使用。要打破舊觀念，不論什麼時代都不是輕而易舉的事。鄭坤五居然把台灣男女粗俗的褒歌拿來和《詩經》比較，勇氣可嘉。黃石輝絮絮叨叨說了一大堆理所當然的話，也是因為他意識到強大阻力的緣故。

黃石輝具體的提案

發揚鄭坤五精神的黃石輝發現自己引起許多人的共鳴，非常高興。不但沒有被群起圍攻，反而大受歡迎，好像就等著這一天似的。大家的內心所存在的台灣人意識，出乎意外地強烈，黃石輝因此勇氣倍增，一九三一年七月二十四日起，在台中的《台灣新聞》連載〈再談鄉土文學〉，提出他的意見說：「文學是代表說話的，而一地方有一地方的話。」「台灣話的『阮』，用中國話便寫不來了，又像中國的白話音中有許多『那末』『也許』，這卻是用台灣話說不來的，這樣說來，要代表一地方的話就要有一地方的文學。我們如果確立了我們的白話文學，就不怕有什麼話會說不出來了。」

　　文字的問題，中國白話文中之「的，會，和，什麼，給……」都要採用，複字和單字相衝突的地方，就不得不採用我們特別需要的代字。例如「這裏」是二字的話，台灣話只有一字「嗟」字，「那裏」是二字的話，台灣話只有一字「吣」字……，不可被「不敢題糕」之觀念拘束，遇必要字可作新字，多取義

字，少用音字，如歌曲中之「卜」字不普遍不共通，須用「要」字。

　　言語的整理，留「無奈何」，去「無乾哇」；留「怎樣」，淘汰「按怎」，但「食頭路」「食辛勞」則不能放棄。

　　關於讀音的問題，要將台灣的白話讀去的，但是讀白話的意思，並不是字字皆讀土音，是有時要讀土音，有時要讀正音的，例如「生子」便讀土音 seⁿ-kiaⁿ，若是「孔子」便該讀正音 khóng-tsú，「食飯」便讀土音，但是「食慾」便該讀正音，「不成問題」四字寫出來，誰也曉得把她讀正音，若是寫三字「不成人」出來，誰亦曉得讀土音，同是二字「不成」，下面加「問題」便讀正音，下面加「人」便讀土音，這是我們說慣了的白話。要讀正音才能成話的便讀正音，要讀土音才能成話的便讀土音。

　黃石輝在上面提出的用字問題、詞彙問題、發音問題，還處於很幼稚的階段，但都是一些根本問題，後來有許多人加以研討，一步一步地解決。

　不過，也不是毫無反對的意見。毓文(廖漢臣)曾發表〈給黃石輝先生——鄉土文學之再吟味〉一文，其中說：「我所要反對先生用台灣話做文寫詩者，並不是俗與不俗，雅與不雅，就是我們台灣話還且幼稚，不夠作為文學的利器……。」

　但使用台灣話的趨勢已經不可動搖。郭秋生的〈建設「台灣

話文」一提案〉、黃純青的「台灣話改造論」等等，都是有紀念價值的文章。一九三二年(昭和7年)由黃春成創辦的文藝雜誌《南音》闢有台灣話文討論欄。僑居台灣的福建人李獻璋所編的《台灣民間文學集》(1936年)，對於漢字在台灣話的發音煞費苦心處理，也是受此影響。而蔡培火提倡羅馬字，可以說是一種卓見(參閱第六講)。

　　本文引用的資料，根據一九六五年六月十日出版，吳守禮著：《近五拾年來台語研究的總成績》。

第(十)(四)講

台灣話與北京話之間(1)

筆者由台灣話而學北京話

筆者是二次大戰期間，在東京大學開始學北京話的。日本學生幾乎每天都有「學徒出陣」(指學生應召赴前線作戰)，同學本來就不多，又一個一個減少，讓筆者擔心以後會變成什麼結果，但另一方面也竊竊心喜，因為學一種語言，人數越少，效果越高。

在台大敎日語的曹欽源敎授(已經退休)，當時擔任東大講師，是筆者北京話的老師之一。他擔任的科目是ㄅㄆㄇㄈ發音的基礎(另有魚返善雄老師敎讀本，吳造環老師〔廣東人？〕敎會話)。有一天上曹老師的課，很令人驚訝，學生只有筆者一人。

起先，曹老師還站在講台上，以面對許多學生的口吻講課。上了三、四十分鐘，還沒有其他學生露面，他就說：「哎呀，眞麻煩！你不如直接從台灣話來學北京話比較快。」乾脆走下講台，採取一對一的個人敎學方式。

　　要讓日本學生學會韻尾-n 和-ng 的區別並非易事，曹老師以 -an 是「安平」(An-pêng) 的 -an，-ang 是「翁某」(ang-bó͘：夫婦) 的 -ang，或 z- 是「查某」(tsa-bó͘：女人)的 ts-，這種直截了當的方式教，那一堂課的效率比平常高了二、三倍，現在印象仍深。

　　當時筆者發現台灣話和北京話有一脈相通之處，同時認爲如果有人就這方面進行有系統的研究，對於台灣人學北京話將極有幫助。

　　爾後筆者對此一直耿耿於懷。在台灣實地接觸北京話三年有半，再度進入東京大學，開始攻讀中國語言學之後，有不少的心得。

　　數年前，大陸陸續出版《××人怎樣學習普通話》之類的小冊子。用意在於尋找出方言和北京話之間的語音對應規律，俾能利用演繹的方法，從理論上有效地學會北京話，構想不錯。筆者受到啓發，一度有撰寫《台灣人怎樣學習北京話》的構想。

留學生的北京話比較拿手

　　但最近前來日本的留學生，北京話都相當拿手。從國民小學開始訓練一直到大學，拿手也是理所當然。既然如此，就用不著特地爲台灣人寫《……怎樣學習北京話》之類的書籍。實際上，台灣人在某方面來說有學習語言的天才。以前是日本話能運用自如，現在則是北京話能運用自如。尤其北京話普及的情形，也難怪國民政府自吹自擂是「三民主義建設的模範省」，比大陸的廣東省、福建省和浙江省好多了。

　　不過，以前有一個留學生向筆者大言不慚表示，與其由日籍老師在日本的大學教北京話，不如由我們教才合情合理。這樣說未免過於狂傲，夜郎自大也應有個限度。

　　留學生雖然會說北京話，捲舌音通常都不行，至於音韻學和語法理論，更是幾乎一無所知。這樣當然沒有資格當大學的教師。日本的中國語言學界水平極高，不是他們所能想像的。

　　不只是日本的中國語言學，對於日本的中國文學和中國哲學研究，台灣人以及中國人都非常無知。常常有人驚訝地發問：「要到日本學中國文學、中國哲學？」這樣問是出於極其膚淺的自尊心，以為中國文學、中國哲學的研究當然是中國(不分中共和國民政府)水準最高。其實這種人不知道自由的空氣對學術而言是多麼重要的營養素。中國的社會經常動盪不安，學者屈服於黨員的狐假虎威之下，學生也常被非法追捕槍斃，學術根本不可能進步。中國語言學、文學、哲學、史學及其他所謂「中國學」，日本享譽最高，各位讀者必須了解才行。

　　言歸正傳，筆者憂慮的是，留學生的台灣話講得不三不四。最近好像有許多留學生感覺到學習台灣話的必要性，甚為難得，但還不夠積極。環境不好，又缺乏適當的入門書籍和教師，提不起勁來學習，這一點並非不能諒解。如果說筆者現在能夠提供意見的話，將很樂意提供下面的意見。

活用北京話的知識

　　既然具備北京話的知識，就應該加以活用，不要從零開始學台灣話，應該像曹欽源老師教筆者從台灣話學習北京話那樣，反

其道而行，從北京話學習台灣話，才是捷徑。而欲如此，就應該照例以北京話和台灣話之間的語音對應規律爲基礎，採取演繹的方法。

聲調的對應最爲單純

聲母、韻母、聲調中，最容易把握的是聲調。北京話的聲調，各位都會，台灣話的聲調則爲了愼重起見，必須複習一下。台灣話的聲調是下面七聲：

陰平	高平	┐	（東、堅）	a
陽平	低升	↗	（同、凝）	â
上	高降	↘	（黨、筧）	á
陰去	低平	⌐	（棟、見）	à
陽去	中平	┤	（洞、健）	ā
陰入	低平短	⌐	（督、結）	ah
陽入	高平短	┤	（毒、傑）	a̍h

書房所教的是先畫個 □，從左下角(陰平)依次而左上角(陰上)、右上角(陰去)、右下角(陰入)，這樣繞一圈，然後從頭開始又繞一圈，分別爲陽平、陽上、陽去、陽入。陰上和陽上完全相同，故上聲只有一種。如果不充分練習，理論恐怕無法和實踐結合。

◇ 北京話的第一聲等於台灣話的陰平

　　刀　dāo：to　　　　春　chūn：chhun

　　京　jīng：keng　　　詩　shī：si

◇ 北京話的第二聲等於台灣話的陽平

房　fáng：pông　　　球　qiú：kiû

南　nán：lâm　　　寒　hán：hân

◇ 北京話的第三聲等於台灣話的上聲

史　shǐ：sú　　　好　hǎo：hó‧ⁿ

統　tǒng：thóng　　減　jiǎn：kiám

◇ 北京話的第四聲等於台灣的陰去、陽去

去　qù：khì　　　歲　sùi：soè

盜　dào：tō　　　令　lìng：lēng

（北京話的羅馬字係根據中共所制定的）

　傷腦筋的是原來的入聲在北京話已經消失，分別派入1、2、3、4聲。日本的漢字音，尾部是 fu、ku、tsu、chi、ki 的字屬於入聲，但在台灣話究竟是陰入或陽入，只能靠死記。

一　yi：it　　　十　shí：shit

囑　zhǔ：chiok　　必　bì：pit

　北京話和台灣話的媒介，是前面一再提到的中古漢語的發音（中古音）。事實上，除非多少具備中古音的知識，或許會不知所云，但因為它不是一般人所容易了解的，所以只能點到為止。以上所說，可以簡單整理成下表：

中古音 / 方言	平		上			去		入		
	清	濁	清	次濁	全濁	清	濁	清	次濁	全濁
台灣話	陰平	陽平	上		陽去	陰去	陽去	陰入	陽入	
北京話	1	2	3		4			1.2.3.4.	4	2

聲母的對應

　　如上所述，台灣話有文言音、白話音、訓讀等三種發音。訓讀是毫無理論根據、權宜一時的發音，首先必須加以省略。其次，白話音殘缺不全，做爲資料略嫌不足，所以下面只拿文言音來和北京話比較。

◇ 北京話 b– 對台灣話 p–

　　巴、拜、包、班、邦、布、卑、表、邊、兵、貝、般、半、本、必　　　　　　　　　　　　　　　　　　　　（幫母字）

　　罷、敗、棒、幣、部、備、白、別、拔、被、並

　　　　　　　　　　　　　　　　　（並母一部分的字）

◇ 北京話 p– 對台灣話 ph–

　　拍、派、炮、普、破、屁、偏、聘、潘、匹　　　（滂母字）

　　跑、皮、嫖、彭、評、盆　　　　　（並母一部分的字）

◇ 北京話 m– 對台灣話 b–

　　埋、蠻、慢、迷、模、母、忙、眉、廟、眠、面、孟、木、末　　　　　　　　　　　　　　　　　　　　（明母字）

◇ 北京話 m– 對台灣話 m–

　　馬、買、矛、貌、磨、枚、梅、妹、昧　　　（明母字）

◇ 北京話 f– 對台灣話 h–

　　否、方、夫、非、反、分、福、法、髮、腹　　　（非母字）

　　芳、鋒、訪、肺、番、芬、忿　　　　　　　　（敷母字）

　　防、馮、附、婦、肥、帆、飯、伏、服、乏、佛　（奉母字）

◇ 北京話 d– 對台灣話 t–

打、帶、擔、帝、斗、黨、刀、點、丁、對、端、答、的、
滴　　　　　　　　　　　　　　　　　　　（端母字）

大、代、淡、但、弟、豆、動、盜、電、盾、獨、笛、奪
　　　　　　　　　　　　　　　　（定母一部分的字）

◇ 北京話 t- 對台灣話 th-

他、太、灘、炭、體、土、湯、痛、討、天、吞、帖、鐵
　　　　　　　　　　　　　　　　　　　（透母字）

抬、啼、提、頭、桃、騰、挺、團　　　（定母一部分的字）

◇ 北京話 t- 對台灣話 t-

台、談、彈、題、徒、圖、糖、同、條、田、庭、豚、特、
突　　　　　　　　　　　　　　　（定母一部分的字）

◇ 北京話 n- 對台灣話 n-

拿、乃、奈、鬧、尼、你　　　　　（泥娘母一部分的字）

◇ 北京話 n- 對台灣話 l-

南、男、難、奴、農、惱、尿、紐、念、年、娘、寧、女、
內、納、捏　　　　　　　　　　（泥娘母一部分的字）

◇ 北京話 l- 對台灣話 l-

來、覽、利、例、樓、魯、郎、了、蓮、良、冷、立、六、
烈　　　　　　　　　　　　　　　　　　（來母字）

◇ 北京話 g- 對台灣話 k-

該、甘、干、港、孤、光、弓、根、官、各、郭、革、骨
　　　　　　　　　　　　　　　　（見母一部分的字）

共、跪、櫃　　　　　　　　　　　（羣母一部分的字）

◇ 北京話 k- 對台灣話 kh-

堪、刊、苦、口、康、可、恐、肯、快、坤、渴、哭、克

（溪母字）

◇ 北京話 h– 對台灣話 h–

海、漢、虎、好、荒、花、灰、揮、歡、昏、黑、忽

（曉母字）

孩、寒、汗、糊、互、弘、和、禍、話、宦、恨、合

（匣母字）

◇ 北京話 j– 對台灣話 ts–、ch–

濟、姐、焦、尖、煎、將、儘、精、晶、俊、即、節、蹟、脊

（精母字）

劑、就、漸、賤、靜、截、集、絕　　　（從母一部分的字）

◇ 北京話 j– 對台灣話 k–

加、皆、膠、姦、計、肩、今、巾、句、季、軍、甲、角

（見母一部分的字）

技、忌、轎、舊、件、近、巨、具、倦、劇、局、及

（羣母一部分的字）

◇ 北京話 q– 對台灣話 chh–

妻、且、千、槍、侵、青、蛆、娶、切、七、漆　（清母字）

牆　　　　　　　　　　　　　　　　　　（從母字）

◇ 北京話 q– 對台灣話 k–

奇、其、僑、求、強、窮、舉、權、羣　（羣母一部分的字）

◇ 北京話 q– 對台灣話 kh–

敲、溪、欠、犬、頃、區、圈、恰、確、怯、曲、乞、屈

（溪母一部分的字）

騎、鉗、虔、琴、禽、勤　　　　　　　　　（羣母一部分的字）

◇ 北京話 x– 對台灣話 s–

西、細、寫、消、修、相、心、信、星、需、宣、削、息、

惜、雪　　　　　　　　　　　　　　　　　　　（心母字）

邪、謝、袖、祥、象、尋、徐、序、旋、旬、循、習、席

　　　　　　　　　　　　　　　　　　　　　　（邪母字）

◇ 北京話 x– 對台灣話 h–

孝、犧、休、獻、凶、香、鄉、兄、許、勳、血、蓄

　　　　　　　　　　　　　　　　　　　　　（曉母字）

霞、校、閑、系、玄、現、縣、刑、杏、學、協　（匣母字）

◇ 北京話 zh– 對台灣話 t–

罩、知、晝、展、中、張、珍、鎮、株、豬、追、哲、竹、

築　　　　　　　　　　　　　　　　　　　　（知母字）

撞、治、兆、丈、重、陣、鄭、值、姪、擇、軸

　　　　　　　　　　　　　　　　　（澄母一部分的字）

◇ 北京話 zh– 對台灣話 ts–、ch–

查、債、斬、庄、裝、爭、札、窄　　　　　　（莊母字）

乍、棧、助、狀　　　　　　　　　（崇母一部分的字）

制、之、脂、只、著、昭、舟、佔、戰、終、正、蒸、朱、

專、汁、祝　　　　　　　　　　　　　　　　（章母字）

◇ 北京話 ch– 對台灣話 t–

池、遲、潮、腸、重、場、陳、呈、除、厨、儲

　　　　　　　　　　　　　　　　　（澄母一部分的字）

◇ 北京話 ch– 對台灣話 th–

耻、抽、寵、暢、趁、徹、撤、畜、折 （徹母字）

◇ 北京話 ch– 對台灣話 chh–

差、叉、鈔、楚、瘡、插、察 （初母一部分的字）

齒、車、醜、充、唱、稱、處、吹、川、喘、春、觸、尺、
赤、出 （昌母字）

◇ 北京話 ch– 對台灣話 s–

匙、酬、常、臣、辰、承、成、垂、純、醇（禪母一部分的字）

◇ 北京話 sh– 對台灣話 s–

誓、時、是、社、受、善、上、甚、盛、殊、誰、涉、屬、
十 （禪母字）

沙、梢、山、衫、梳、數、霜、爽、生、師、史、衰、色、
殺 （生母字）

示、蛇、射、神、繩、剩、順、舌、實、食、術 （船母字）

世、勢、詩、始、捨、燒、手、商、申、聲、聖、書、失、
說 （書母字）

◆ 北京話 r– 對台灣話 j–

惹、柔、染、然、戎、壤、忍、人、仁、仍、如、乳、軟、
肉、入、日 （日母字）

◇ 北京話 r– 對台灣話零聲母

容、蓉、鎔 （以母一部分的字）

◆ 北京話 z– 對台灣話 ts–、ch–

災、租、宗、遭、灶、曾、子、最、醉、姿、尊、作、足、
則、卒 （精母字）

在、藏、坐、造、暫、自、罪、雜、昨 （從母一部分的字）

◆ 北京話 c- 對台灣話 chh-

猜、菜、參、粗、倉、蔥、操、草、從、此、催、脆、寸、
擦　　　　　　　　　　　　　　　　　　　　　*(清母字)*

才、裁、蠶、叢　　　　　　　　　　　*(從母一部分的字)*

◆ 北京話 s- 對台灣話 s-

塞、三、散、蘇、喪、尋、宋、鎖、司、死、四、算、損、
速、宿　　　　　　　　　　　　　　　　　　　*(心母字)*

寺、松、頌、誦、祀、似、飼、隨、穗、俗　　　　*(邪母字)*

搜、所、森、縮、澀、瑟、色、嗇　　　　　　　*(生母字)*

◆ 北京話零聲母對台灣話 b-

萬、亡、望、微、尾、未、無、武、務、晚、文、聞、勿、
物　　　　　　　　　　　　　　　　　　　　　*(微母字)*

◇ 北京話零聲母對台灣話 j-

而、兒、二　　　　　　　　　　　　　　　　　*(日母字)*

愉、榆、喻、裕　　　　　　　　　　　　　　　*(以母字)*

◇ 北京話零聲母對台灣話 g-

牙、巖、眼、悟、宜、言、迎、娛、外、危、玉、月、獄
　　　　　　　　　　　　　　　　　　　　　　(疑母字)

◇ 北京話零聲母對台灣話 ng-

雅、艾、吳、梧、俄、午、五、偶、臥　　　　　*(疑母字)*

◇ 北京話零聲母對台灣話零聲母

鴉、亞、哀、歐、暗、安、衣、要、煙、畏、彎、溫、壓、
屋、一、益　　　　　　　　　　　　　　　　　*(影母字)*

王、往、尤、永、雨、為、位、吳、園、運、越　*(元母字)*

夷、惟、已、以、也、鹽、羊、寅、用、余、與、遺、勻、
允、葉　　　　　　　　　　　　　　　　　　（以母字）

第⑮講

台灣話與北京話之間(Ⅱ)

聲母的對應關係

北京話的輔音有二十二種，台灣話的輔音有十九種。由上面的例子可以歸納出其間的關係如下：

①北京話的 p、b 和台灣話的 p、ph 有比較整齊的對應。

②北京話沒有台灣話的 b〔p〕音，這是因為 b 音歸入 m 音的關係。

③因此，北京話的 m，在台灣話分為 m 和 b 兩類。

④北京話的 f，台灣話一律為 h。台灣話的 h，在北京話分為 f、h、x 三類。

⑤北京話的 d，台灣話一定是 t；北京話的 t，台灣話是 t 或 th。

⑥北京話的 n，台灣話分為 n、l、g 三種。

⑦北京話的 l，台灣話一律為 l。

⑧北京話的 g，台灣話爲 k；北京話的 k，台灣話爲 kh；北京話的 h，台灣話也是 h，比較整齊。

⑨北京話的 j，台灣話分爲 ts、ch、k 三類。北京話的 q，台灣話有 chh、kh 兩類。北京話的 x，台灣話分爲 s、h 兩類。這是北京話的特徵之一。台灣話的 k、kh、h，在山東話還保持原來的舌根音。例如「家」，北京話是 jia，山東話是 gia；「解」在北京話是「jie」，在山東話是 gai。

⑩北京話的四個卷舌音 zh、ch、sh、r，台灣話沒有。zh 在台灣話是 t、ts、ch；ch 在台灣話是 t、th、chh、s，很複雜。但 sh 一律爲 s；r 幾乎都是 j(泉州系統的台灣話爲 l)，形成單純的對應。

⑪北京話的 z，台灣話是 ts、ch；北京話的 c，台灣話是 chh；北京話的 s，台灣話是 s。

⑫北京話的零聲母，在台灣話很複雜。最大的特徵是微母字在台灣話爲 b。

韻母的對應

韻母的對應更加複雜。

◆ 北京話 –a 對台灣話 –a

巴、霸、茶、詐、差、沙 　　　　　　　　　(麻韻開口二等字)

◇ 北京話 –a 對台灣話 –a^n

他 　　　　　　　　　　　　　　　　　　　(歌韻開口一等字)

打(例外字) 　　　　　　　　　　　　　　　(庚韻開口二等字)

◇ 北京話 –a 對台灣話 –ap

答、踏、納、塌、插　（合盍韻開口一等字、洽韻開口二等字）

◇ 北京話 –a 對台灣話 –at

達、辣、擦、八、札、殺　（曷韻開口一等和黠韻開口二等字）

◇ 北京話 –a 對台灣話 –oat

法、乞、髮、發、罰　　　　（乞月韻合口三等字）

◆ 北京話 –ia 對台灣話 –ia

加、賈、嫁、牙、下、夏、亞　　（麻韻開口二等字）

◇ 北京話 –ia 對台灣話 –ap

恰、甲、壓、鴨　　　　（洽狎韻開口二等字）

◆ 北京話 –ua 對台灣話 –oa

瓜、瓦、花、掛、畫、話　　（麻佳夬韻合口二等字）

◇ 北京話 –ua 對台灣話 –oat

括、控、刷、刮　　（末韻合口一等和黠鎋韻合口二等字）

◆ 北京話 –e〔ə〕對台灣話 –ia

遮、車、蛇、射、赦、舍、惹　　（麻韻開口三等字）

◇ 北京話 –e 對台灣話 –o⋅ⁿ

蛾、鵝、俄、訛　　　　（歌韻開口一等字）

◇ 北京話 –e 對台灣話 –o

歌、可、賀、科、顆、禾、和

（歌韻開口一等、戈韻合口一等字）

◇ 北京話 –e 對台灣話 –ap

鴿、合、盒　　　　（合韻開口一等字）

◇ 北京話 –e 對台灣話 –iat

哲、撤、折、舌、設、熱　　　　　　（薛韻開口三等字）

◇ 北京話 –e 對台灣話 –ok

樂、各、閣、惡　　　　　　　　　（鐸韻開口一等字）

◇ 北京話 –e 對台灣話 –ek

得、特、則、塞、刻、黑　　　　　（德韻開口一等字）

側、嗇、色　　　　　　　　　　（職韻開口二等字）

拆、宅、澤、格、客、嚇、摘、策、冊（陌麥韻開口二等字）

◆ 北京話 –ie〔ie〕對台灣話 –ia

姐、些、寫、邪、謝、也、夜　　　（麻韻開口四等字）

◇ 北京話 –ie 對台灣話 –ai

皆、介、界、戒、械、解、鞋、蟹　（皆佳韻開口二等字）

◇ 北京話 –ie 對台灣話 –iap

獵、接、葉　　　　　　　　　　（獵韻開口三四等字）

法、業　　　　　　　　　　　　（業韻開口三等字）

帖、貼、疊、碟、諜、協　　　　　（帖韻開口四等字）

◇ 北京話 –ie 對台灣話 –iat

別、列、烈、傑、滅、泄　　　　　（薛韻開口三四等字）

歇　　　　　　　　　　　　　　（月韻開口三等字）

鐵、跌、節、切、截、結、潔　　　（屑韻開口四等字）

◆ 北京話 –ue〔yɛ〕對台灣話 –ia

靴　　　　　　　　　　　　　　（戈韻合口三等字）

◇ 北京話 –ue 對台灣話 –iat

悅、閱　　　　　　　　　　　　（薛韻合口四等字）

◇ 北京話 –ue 對台灣話 –uat

絕、雪、月、越、決、缺　（薛月屑韻合口三四等字）

◇ 北京話 –ue 對台灣話 –ak

覺、殼、確、岳、樂、學　（覺韻開口二等字）

◇ 北京話 –ue 對台灣話 –iok

略、卻、虐、約、削、鑰　（藥韻開口三四等字）

◆ 北京話 –i〔ʅ〕對台灣話 –e

制、世、勢、誓　（祭韻開口三等字）

◇ 北京話 –i 對台灣話 –i

知、智、池、支、紙、只、施、是　（支韻開口三等字）

致、遲、脂、至、示、矢、視　（脂韻開口三等字）

置、恥、之、齒、詩、時、市　（之韻開口三等字）

◇ 北京話 –i 對台灣話 –u

師、獅　（脂韻開口二等字）

士、事、史、駛　（之韻開二等字）

◇ 北京話 –i 對台灣話 –ip

執、濕、十、拾　（緝韻開口三等字）

◇ 北京話 –i 對台灣話 –it

姪、質、實、失、日　（質韻開口三等字）

直、織、食、蝕、植　（職韻開口三等字）

◇ 北京話 –i 對台灣話 –ik

隻、尺、赤、適、釋、石　（昔韻開口三等字）

◆ 北京話 –i〔ɿ〕對台灣話 –u

紫、雌、姿、私、四、茲、字、詞、似

（支脂之韻開口四等字）

◆ 北京話 –o〔o〕(限於唇音)對台灣話 –o·

　　摸、模　　　　　　　　　　　　　　　（模韻合口一等字）

◇ 北京話 –o 對台灣話 –o

　　磨、摩、魔、波、播、坡、破、婆　　（戈韻合口一等字）

◇ 北京話 –o 對台灣話 –oat

　　撥、末、沫、駁　　　　　　　　　　（末韻合口一等字）

◇ 北京話 –o 對台灣話 –ut

　　沒　　　　　　　　　　　　　　　　（沒韻合口一等字）

◇ 北京話 –o 對台灣話 –ak

　　剝、駁　　　　　　　　　　　　　　（覺韻開口二等字）

◇ 北京話 –o 對台灣話 –ok

　　博、莫　　　　　　　　　　　　　　（鐸韻開口一等字）

　　縛　　　　　　　　　　　　　　　　（藥韻開口三等字）

◇ 北京話 –o 對台灣話 –ek

　　默、墨　　　　　　　　　　　　　　（德韻開口一等字）

　　百、伯、拍、迫、白、麥、脈　　（陌麥韻開口二等字）

◆ 北京話 –uo 對台灣話 o·ⁿ

　　臥、火、夥、貨　　　　　　　　　　（戈韻合口一等字）

◇ 北京話 –uo 對台灣話 –o

　　多、拖、駝、羅、左、做、禍　　　　（歌韻開口一等字）

　　朵、妥、騾、坐、瑣、鍋、果、和、禍　（戈韻合口一等字）

◇ 北京話 –uo 對台灣話 –oat

　　脫、奪、括、活　　　　　　　　　　（末韻合口一等字）

◇ 北京話 –uo 對台灣話 –ok

托、洛、駱、落、作、昨　　　　　　（鐸韻開口一等字）

郭、擴　　　　　　　　　　　　　　（鐸韻合口一等字）

卓、濁、戳　　　　　　　　　　　　（覺韻開口二等字）

國　　　　　　　　　　　　　　　　（德韻合口一等字）

◇ 北京話 –uo 對台灣話 –iok

著、勺、若、弱　　　　　　　　　　（藥韻開口三等字）

◇ 北京話 –uo 對台灣話 –ek

或　　　　　　　　　　　　　　　　（德韻合口一等字）

虢、獲　　　　　　　　　　　　　　（陌麥韻合口二等字）

◆ 北京話 –i〔i〕對台灣話 –i

閉、批、朱、底、抵　　　　　　　　（齊韻開口四等字）

彼、皮、離、奇、寄、騎、妓、義、戲、臂、避、移、易

　　　　　　　　　　　　　　　　　（支韻開口三四等字）

鄙、秘、利、飢、器、比、屁、棄、夷（脂韻開口三四等字）

狸、李、吏、基、己、欺、疑、喜、醫、以、異

　　　　　　　　　　　　　　　　　（之韻開口四等字）

幾、機、既、豈、氣、希、衣、依　　（微韻開口三等字）

◇ 北京話 –i 對台灣話 –ui

季、遺　　　　　　　　　　　　　　（脂韻合口四等字）

◇ 北京話 –i 對台灣話 –ip

立、粒、急、級、給、集、習　　　　（緝韻開口三四等字）

◇ 北京話 –i 對台灣話 –it

筆、密、乙、畢、必、蜜、漆、七、一

　　　　　　　　　　　　　　　　　（質櫛韻開口三四等字）

乞 （迄韻開口三等字）

◇ 北京話 –i 對台灣話 –ek

通、力、極、億、即、息、熄 （職韻開口三四等字）

壁、益、脊、迹、積、籍、惜、席、亦、易、譯

（昔韻開口四等字）

役、疫 （錫韻合口四等字）

◆ 北京話 –u〔u〕對台灣話 –o·

補、布、部、暮、肚、兎、途、奴、魯、祖、蘇、姑、

孤、苦、悟、胡、戶、烏 （模韻合口一等字）

阻、初、楚、助、梳、疏 （魚韻合口二等字）

◇ 北京話 –u 對台灣話 –o·^{n}

吳、梧、五、伍、午、惡 （模韻合口一等字）

◇ 北京話 –u 對台灣話 –u

猪、箸、除、煮、處、書、鼠、如 （魚韻合口三等字）

夫、府、斧、父、無、株、朱、輸、樹 （虞韻合口三等字）

富、負、婦 （尤韻開口三等唇音字）

◇ 北京話 –u 對台灣話 –ut

突、卒、骨、忍 （沒韻合口一等字）

出、述、術 （術韻合口三等字）

物、勿 （物韻合口三等字）

◇ 北京話 –u 對台灣話 –ok

撲、木、獨、讀、鹿、祿、族、速、屋、毒

（屋沃韻合口一等字）

福、複、腹、伏、服、目、牧 （屋韻合口三等唇音字）

◇ 北京話 –u 對台灣話 –iok

　　劇 　　　　　　　　　　　　　（陌韻開口三等字）

　　六、陸、竹、築、畜、祝、叔、宿　　（屋韻合口三四等字）

　　錄、燭、觸、贖、屬、辱、足、粟、俗

　　　　　　　　　　　　　　　（燭韻合口三四等字）

◆ 北京話 –u〔y〕對台灣話 –u

　　女、旅、慮、居、車、據、去、巨、許、蛆、徐、敍、

　　緒、余、與、預、譽　　　　　（魚韻合口三四等字）

　　拘、句、具、愚、娛、于、雨、取、須、需、愉、喻、裕

　　　　　　　　　　　　　　　（虞韻合口三四等字）

◇ 北京話 –u 對台灣話 –iat

　　橘 　　　　　　　　　　　　　（術韻合口四等字）

◇ 北京話 –u 對台灣話 –ut

　　律、恤 　　　　　　　　　　　（術韻合口三四等字）

　　屈 　　　　　　　　　　　　　（物韻合口三等字）

◇ 北京話 –u 對台灣話 –iok

　　菊、麴、畜、蓄、育 　　　　　（屋韻合口三四等字）

　　綠、曲、局、玉、獄、欲 　　　（燭韻合口三四等字）

◇ 北京話 –u 對台灣話 –ek

　　域 　　　　　　　　　　　　　（職韻合口三等字）

第十六講

台灣話與北京話之間 (Ⅲ)

◆ 北京話 –ai 對台灣話 –a

　　差、柴、曬　　　　　　　　　　　　　　（佳韻開口二等字）

◇ 北京話 –ai 對台灣話 –ai

　　戴、台、代、來、災、栽、猜、在、該、改、開、硬、
　　哀、愛、海　　　　　　　　　　　　　　（咍韻開口一等字）
　　帶、太、泰、蔡、害　　　　　　　　　　（泰韻開口一等字）
　　拜、排、埋、齋、挨、擺、債、柴、矮、敗

　　　　　　　　　　　　　　　　　　（皆佳夬韻開口二等字）

◇ 北京話 –ai 對台灣話 –ai^n

　　戴、宰　　　　　　　　　　　　　　　　（咍韻開口一等字）

◇ 北京話 –ai(白話音) 對台灣話 –ek

　　塞　　　　　　　　　　　　　　　　　　（德韻開口一等字）
　　色　　　　　　　　　　　　　　　　　　（職韻開口二等字）
　　百、柏、白、拍、拆、擇、宅、窄、麥、摘

（陌麥韻開口二等字）

◆ 北京話 –uai 對台灣話 –oe

　　會、外　　　　　　　　　　　　　　（泰韻合口一等字）

　　衰、帥　　　　　　　　　　　　　　（脂韻合口二等字）

◇ 北京話 –uai 對台灣話 –oai

　　乖、怪、塊、懷、壞、淮、拐、快　　（皆佳夬韻合口二等字）

◆ 北京話 –au 對台灣話 –o^n

　　毛、昌、傲、好、耗　　　　　　　　（豪韻開口一等字）

◇ 北京話 –au 對台灣話 –o

　　保、暴、刀、倒、討、盜、惱、老、早、灶、草、騷、

　　高、告、靠、豪、號　　　　　　　　（豪韻開口一等字）

◇ 北京話 –au 對台灣話 –au

　　包、飽、炮、卯、抄、巢、梢、稍　　（肴韻開口二等字）

◇ 北京話 –au 對台灣話 –iau

　　爪、攪、找　　　　　　　　　　　　（肴韻開口二等字）

　　朝、超、兆、昭、少、燒、紹、饒、擾　（宵韻開口三等字）

◇ 北京話 –au 對台灣話 –auh（文言音中唯一以–h 結尾，令人感到興趣的例外）

　　雹　　　　　　　　　　　　　　　　（覺韻開口二等字）

◇ 北京話 –au（白話音）對台灣話 –ok

　　薄、烙、酪、落、鑿　　　　　　　　（鐸韻開口一等字）

◇ 北京話 –au 對台灣話 –iok

　　著、勺　　　　　　　　　　　　　　（藥韻開口三等字）

◆ 北京話 –iau 對台灣話 –au

交、膠、敎、校、較、敲、巧、孝、敎　（肴韻開口二等字）

◇ 北京話 –iau 對台灣話 –iau

表、苗、療、嬌、驕、橋、妖、標、票、妙、鍬、小、

笑、要、搖　　　　　　　　　（宵韻開口三四等字）

刀、雕、弔、釣、調、尿、了、簫、叫、蕭、鳥

（蕭韻開口四等字）

◇ 北京話 –iau（白話音）對台灣話 –ak

角、殼　　　　　　　　　　　（覺韻開口二等字）

◇ 北京話 –iau 對台灣話 –iok

腳、瘧、爵、削、藥　　　　　（藥韻開口三四等字）

◇ 北京話 –ei〔ei〕對台灣話 –oe

杯、背、配、倍、內　　　　　（灰韻合口一等字）

廢　　　　　　　　　　　　　（廢韻合口三等字）

◇ 北京話 –ei 對台灣話 –i

碑、披、被、卑　　　　　　　（支韻開口三四等字）

悲、備、眉、美　　　　　　　（脂韻開口三等字）

◇ 北京話 –ei 對台灣話 –ui

雷、擂　　　　　　　　　　　（灰韻合口一等字）

肺　　　　　　　　　　　　　（廢韻合口三等字）

類、淚　　　　　　　　　　　（脂韻合口三等字）

非、飛、匪、費、肥　　　　　（微韻合口三等字）

◇ 北京話 –ei（白話音）對台灣話 –ip

給　　　　　　　　　　　　　（緝韻開口三等字）

◇ 北京話 –ei 對台灣話 –ok

　　　　北　　　　　　　　　　　　　　　　　（德韻開口一等字）

◇ 北京話 –ei 對台灣話 –ek

　　　得、肋、勒、賊、塞、黑　　　　　（德韻開口一等字）

◆ 北京話 –ui＝wei 對台灣話 –oe

　　　退、罪、灰、悔、回、匯、兌、最、會（灰泰韻合口一等字）

　　　稅、衛、歲、銳　　　　　　　　　（祭韻合口三四等字）

◇ 北京話 –ui＝wei 對台灣話 –i

　　　惟、維　　　　　　　　　　　　　（脂韻合口四等字）

　　　微、尾、未、昧　　　　　　　　　（微韻合口三等字）

◇ 北京話 –ui＝wei 對台灣話 –ui

　　　堆、對、隊、崔、碎　　　　　　　（灰韻合口一等字）

　　　桂、惠、慧　　　　　　　　　　　（齊韻合口四等字）

　　　吹、垂、虧、跪、危、僞、委、爲、嘴、隋、規

　　　　　　　　　　　　　　　　　　　（支韻合口三四等字）

　　　追、錘、水、誰、龜、軌、位、醉、翠、雖、穗

　　　　　　　　　　　　　　　　　　　（脂韻合口三等字）

　　　歸、鬼、貴、魏、揮、輝、威、畏、圍、偉、胃、謂

　　　　　　　　　　　　　　　　　　　（微韻合口三等字）

◇ 北京話 –ou 對台灣話 –oˑ

　　　某、畝、斗、鬥、偷、頭、豆、漏、走、勾、溝、拘、

　　　構、口、候、厚、后、嘔　　　　　（侯韻開口一等字）

　　　鄒、搜、瘦、否、浮、謀　　　　　（尤韻開口二三等字）

◇ 北京話 –ou 對台灣話 –iu

　　　緅、皺、愁、晝、抽、周、舟、州、收、手、守、首、

獸、受、售、壽、柔　　　　　　　　（尤韻開口二三等字）

◇ 北京話 –ou(白話音)對台灣話 –iok

粥、熟、肉　　　　　　　　　　　　（屋韻合口三等字）

◆ 北京話 –iu＝you(白話音)對台灣話 –iu

紐、流、硫、留、劉、柳、九、久、丘、求、舊、牛、
休、朽、憂、有、尤、酒、秋、囚、由、猶

　　　　　　　　　　　　　　　　　（尤韻開口三四等字）

糾、幽、幼　　　　　　　　　　　　（幽韻開口四等字）

◇ 北京話 –iu＝you(白話音)對台灣話 –iok

六　　　　　　　　　　　　　　　　（屋韻合口三等字）

◆ 北京話 –er 對台灣話 –i

兒、二、而　　　　　　　　（支韻之韻開口三等日母字）

◆ 北京話 –an 對台灣話 –am

貪、譚、南、男、參、感、堪、含、函、擔、談、藍、
三、敢、喊　　　　　　　　　　　　（覃談韻開口一等字）

站、斬　　　　　　　　　　　　　　（咸韻開口二等字）

霑、陝、染　　　　　　　　　　　　（鹽韻開口三等字）

◇ 北京話 –an 對台灣話 –an

丹、單、旦、難、贊、傘、散、干、岸、漢、寒、韓、
汗、安　　　　　　　　　　　　　　（寒韻開口一等字）

扮、弁、山、產、班、板、蠻、慢　　（山刪韻開口二等字）

◇ 北京話 –an 對台灣話 –ian

展、氈、戰、扇、蟬、善、然　　　　（仙韻開口三等字）

◇ 北京話 –an 對台灣話 –oan

凡、帆、犯、范　　　　　　　　　（凡韻合口三等字）

般、半、判、盤、瞞、滿　　　　（桓韻合口一等唇音字）

反、販、番、翻、煩、繁、飯　　（元韻合口三等唇音字）

◆ 北京話 –ian 對台灣話 –am

　　陷、餡、監、巖、銜　　　　　　（咸銜韻開口二等字）

◇ 北京話 –ian 對台灣話 –iam

　　臉、減　　　　　　　　　　　　（咸韻開口二等字）

　　粘、廉、斂、檢、柑、儉、掩、尖、簽、漸、厭、鹽、閻

　　　　　　　　　　　　　　　　（鹽韻開口三四等字）

　　劍、欠、嚴　　　　　　　　　　（嚴韻開口三等字）

　　點、店、添、甜、念、兼、嫌、謙　　（添韻開口四等字）

◇ 北京話 –ian 對台灣話 –an

　　間、艱、簡、眼、閑、限、姦、奸、諫、顏、雁

　　　　　　　　　　　　　　　　（山刪韻開口二等字）

◇ 北京話 –ian 對台灣話 –ian

　　變、免、勉、連、聯、乾、件、鞭、編、便、棉、面、

　　煎、淺、仙、鮮、延　　　　　（仙韻開口三四等字）

　　建、健、言、憲、獻　　　　　　（元韻開口三等字）

　　前、先、千、研、賢、顯、煙、燕、宴　（先韻開口四等字）

◆ 北京話 –uan〔uan〕對台灣話 –oan

　　端、短、段、暖、卵、鑽、酸、官、貫　（桓韻合口一等字）

　　鰥、幻　　　　　　　　　　　　（山韻合口二等字）

　　栓、關、慣、頑、環、還、患、宦、彎　（刪韻合口二等字）

　　轉、傳、專、川、穿、喘、船、軟　（仙韻合口三等字）

◆ 北京話 –uan〔yan〕對台灣話 –ian

院、緣、捐　　　　　　　　　　　　　　（仙韻合口三四等字）

犬、玄、懸　　　　　　　　　　　　　　（先韻合口四等字）

◇ 北京話 –uan 對台灣話 –oan

捲、眷、拳、權、員、圓、全、泉、宣、選、旋、絹、捐

　　　　　　　　　　　　　　　　　　　（仙韻合口三四等字）

勸、元、原、願、怨、園、援、遠　　　　（元韻合口三等字）

◆ 北京話 –en〔ən〕對台灣話 –im

森、參、滲、沉、針、枕、審、甚、任

　　　　　　　　　　　　　　　　　　　（侵韻開口二三等字）

忍、刃、認　　　　　　　　　　　　　　（真韻開口三等字）

◇ 北京話 –en 對台灣話 –in

根、跟、恩　　　　　　　　　　　　　　（痕韻開口一等字）

珍、鎮、陳、神、身、臣、慎、人、仁

　　　　　　　　　　　　　　　　　　　（真韻開口三等字）

◇ 北京話 –en 對台灣話 –un

墾、懇、很、恨　　　　　　　　　　　　（痕韻開口一等字）

奔、本、噴、盆、門、悶　　　　　　　　（魂韻合口一等唇音字）

分、粉、糞、芬、憤　　　　　　　　　　（文韻合口三等唇音字）

◆ 北京話 –in 對台灣話 –im

賃、林、臨、今、金、琴、音、飲、擒、心、侵、寢

　　　　　　　　　　　　　　　　　　　（侵韻開口三四等字）

◇ 北京話 –in 對台灣話 –in

貧、敏、隣、吝、巾、僅、銀、賓、頻、民、津、盡、

進、信、緊、因、印、引 （真韻開口三等字）

斤、筋、勤、芹、近 （殷韻開口三等字）

◇ 北京話 –in 對台灣話 –un

殷、隱 （殷韻開口三等字）

◆ 北京話 –un〔un〕＝wen 對台灣話 –un

敦、屯、豚、論、尊、村、孫、昆、坤、困、昏、魂、

軍、溫、穩 （魂韻合口一等字）

倫、准、春、唇、順、純、閏、遵、筍 （諄韻合口三四等字）

文、紋、聞、問、葷 （文韻合口三等字）

◆ 北京話 –un〔yn〕對台灣話 –in

迅、均、鈞 （諄韻合口四等字）

◇ 北京話 –un 對台灣話 –un

俊、旬、循、巡、勻、允 （諄韻合口四等字）

君、軍、熏、渾、訓、韻、運、雲 （文韻合口三等字）

◆ 北京話 –ang 對台灣話 –ang

幫、行、杭、航 （唐韻開口一等字）

邦、棒、港 （江韻開口二等字）

◇ 北京話 –ang 對台灣話 –ong

榜、當、湯、堂、郎、狼、葬、倉、桑、岡、缸、康、

抗、昂 （唐韻開口一等字）

方、放、芳、訪、房、防 （陽韻開口三等明母以外的唇音字）

胖、捧、肛、扛 （江韻開口二等字）

◇ 北京話 –ang 對台灣話 –iong

張、長、暢、場、丈、章、掌、昌、廠、唱、商、傷、

賞、常、上、尙、讓 　　　　　　　　(陽韻開口三等字)

◆ 北京話 –iang 對台灣話 –ang

江、巷、講、降、項、巷 　　　　　(江韻開口二等字)

娘、良、涼、景、兩、亮、餉、姜、薑、強、仰、香、

享、向、央、將、槍、匠、相、想、詳、象、羊、楊、

養、樣 　　　　　　　　　　　　(陽韻開口三四等字)

◆ 北京話 –uang 對台灣話 –ong

光、廣、荒、慌、黃、皇、汪 　　(唐韻合口一等字)

庄、裝、瘡、床、霜、爽 　　　　(陽韻開口二等字)

亡、忘、網、望、狂、況、王、往、旺 (陽韻合口三等字)

撞、窗、雙 　　　　　　　　　　(江韻開口二等字)

◆ 北京話 –eng〔ɘŋ〕對台灣話 –ong

蓬、蒙、風、諷、馮、鳳、夢 　(東韻合口一三等唇音字)

封、峯、蜂、逢、棒、縫、奉、俸 (鍾韻合口三等唇音字)

◇ 北京話 –eng 對台灣話 –eng

崩、朋、登、等、藤、能、曾、增、僧、肯、恒

　　　　　　　　　　　　　　　(登韻開口一等字)

蒸、症、證、稱、秤、乘、升、承、仍 (蒸韻開口三等字)

烹、膨、猛、冷、生、省、更、庚、衡、棚、爭、耕

　　　　　　　　　　　　　　　(庚耕韻開口二等字)

程、鄭、正、整、政、聲、聖、成、誠 (清韻開口三等字)

橫 　　　　　　　　　　　　　　(庚韻合口二等字)

◆ 北京話 –ing 對台灣話 –eng

冰、凌、陵、凝、興、應、蠅 　　(蒸韻開口三四等字)

更、硬、行、杏、兵、丙、平、明、鳴、京、驚、境、
慶、迎、英、影　　　　　　　（庚韻開口二三等字）
幸、櫻、鸚　　　　　　　　　（耕韻開口二等字）
餅、名、領、令、頸、輕、嬰、精、晶、井、清、請、
淨、姓、盈　　　　　　　　　（清韻開口三四等字）
屏、銘、丁、頂、聽、亭、庭、寧、鈴、青、星、醒、
經、刑、型　　　　　　　　　（青韻開口四等字）
傾、頃、瑩　　　　　　　　　（清韻合口四等字）
螢　　　　　　　　　　　　　（青韻合口四等字）

◆ 北京話 –ong〔uəŋ〕對台灣話 –ong
弘　　　　　　　　　　　　　（登韻合口一等字）
礦、宏　　　　　　　　　　　（庚耕韻合口二等字）
東、董、凍、同、童、籠、總、忽、公、工、空、洪、
紅、翁、多、統、農、宗、鬆、宋　　（東冬韻合口一等字）

◇ 北京話 –ong 對台灣話 –iong
隆、中、蟲、終、衆、充、弓、宮、融（東韻合口三四等字）
龍、重、茸、恭、供、恐、縱、松、誦、容、蓉
　　　　　　　　　　　　　　（鍾韻合口三四等字）
薨　　　　　　　　　　　　　（登韻合口一等字）
轟　　　　　　　　　　　　　（耕韻合口二等字）
榮　　　　　　　　　　　　　（庚韻合口三等字）

◆ 北京話 –iong〔yŋ〕對台灣話 –iong
窮、雄、熊　　　　　　　　　（東韻合口三四等字）
凶、胸、擁、勇、用　　　　　（鍾韻合口三四等字）

◇ 北京話 –iong 對台灣話 –eng

兄、永、瓊　　　　　　　　　　　（庚清韻三等合口字）

韻母的對應關係

北京話的韻母有三十七種，台灣話有四十五種(限於文言音)。北京話聲母多而複雜，台灣話則韻母多而複雜。由上面的例子可以歸納出下面的結論：

①i〔ㄭ〕、u〔y〕是北京話特有的元音。

②er 是北京話極具特色的元音，來自日母，捲舌音的色彩最濃厚。

③台灣話的入聲(–p、–t、–k)，北京話付諸闕如，而且派入的情形極為複雜。北京話的入聲，至遲在十四世紀以前即告消失。

④北京話沒有 m 韻尾，只有 n 韻尾和 ng 韻尾。台灣話的 m 韻尾，在北京話全部和 n 韻尾合併。

⑤入聲字在北京話多有白話音。一般人只學白話音，忘記文言音的存在。

⑥北京話的 i〔ㄖ〕，台灣話是 u；台灣話的 er，北京話是 i；北京話的 uan〔uan〕，台灣話是 oan；北京話的 un〔un〕，台灣話是 un；北京話的 ing，台灣話是 eng；北京話的 iong〔yŋ〕，台灣話是 iong；對應相當單純。

⑦台灣話有北京話所無的鼻化韻母，「火」hó·ⁿ、「且」chhiáⁿ、「寡」koáⁿ、「易」iⁿ、「宰」tsáiⁿ 等等。可以說是鼻音傾向極強的方言。

　　以上三講連續列舉了漢字複雜的對應關係，各位讀起來一定很累，可能有不少讀者只是走馬看花，這也是無可厚非，筆者想在此談一些私事。像這樣全盤徹底探討台灣話和北京話的語音對應，在台灣和中國大陸，恐怕是筆者首開先例。將音韻方面的研究整理成書，以《台灣音系》的書名出版，這是筆者三年前的雄心大志。也就是把它當做《台灣語常用語彙》的姐妹作。剩下的就是文法篇。筆者本來打算完成這三部著作，申請博士學位。但因主持台灣青年社的關係，筆者的學術研究不得不暫時中輟，大學的老師每次碰面，就催促筆者適可而止，趕快提交論文，筆者每次都覺得心情很複雜。但學位是個人的問題，而台灣可能不可能獨立，則是關係到所有台灣人幸福的問題。孰重孰輕，這是筆者經過苦惱之後所做的選擇。

　　台灣現在的教育完全是填鴨主義。留學生的北京話也是硬塞進腦子的。學習語言雖然多少要靠死記，但到達相當程度後，應該做第二階段的努力，回過頭來整理雜亂無章的知識。要整理北京話的知識，方法很多，對台灣人來說，最好的方法是把它拿來和台灣話對照比較，因為這樣還能順便學習台灣話。上面三講就是為了在這方面有所幫助，不怕繁雜寫成的，請讀者體諒筆者的苦心！

台灣人的文化遺產

這一講的目的在於介紹台灣話的寶貴記錄——歌仔册 (koa-á-chheh) 的內容、本質及評價。歌仔册是什麼？可能有不少年輕一代的台灣人不知道。在說明歌仔册之前，試就歌仔册在台灣文化史上的地位加以探討。

文獻記錄在文化遺產中居於主要地位。台灣人是沒有什麼文獻記錄的民族。說起來令人覺得淒涼。

筆者認為原因大致如下：

我們的祖先是目不識丁的海盜和漁民、農民、獵人、商人（應該揚棄所謂黃帝子孫、孔子子孫之類的阿Q式觀念遊戲）。一般認為，台灣的文教制度奠基於鄭氏時代陳永華建孔子廟之時(1666年)。目的應該是為了在流亡台灣的明人子弟中培養出統治台灣人所需的行政官員。

　　台灣人和大陸的中國人一樣，擁有科舉應考的權利，始於一七二七年(雍正5年)，這項恩典遲至一七四〇年(乾隆5年)才及於客家籍台灣人。而台灣第一個進士則出現於一七五七年(乾隆22年)，是諸羅(嘉義)人王克捷。

　　清末，百分之九十以上的台灣人屬於文盲。從民國初期中國文盲仍然佔總人口的百分之八十到八十五這個事實來看，上述數字實在不足為奇。台灣的文盲急遽減少，是在日治時代以後，自不待言。現在的情形更是大幅改善，百分之九十五以上的台灣人能夠讀寫日語或北京話。

　　讀書人不到百分之十，雖然所佔比率微不足道，但畢竟不是一個也沒有，因此應該會留下有關當時的台灣及台灣人的記錄才是，實際上卻少得出人意料之外。在筆者的印象中，只有若干人的山水詩和對割讓台灣給日本表示憤慨的幾篇文章而已。

　　滿清時代和更早期的荷蘭時代所留出色的地誌、遊記、報告書，幾乎都是由短期到台灣任職或旅行的外地人撰寫而成。

「敢怒不敢言」的宿命

　　理由何在？台灣人自從有歷史以來，經常處於被統治者的立場。對於被統治者來說，禍從口出。稅負重、權利受到侵犯剝奪、生命遭到迫害——可以說牢騷滿腹，可悲的是這些都不能說出口。即便說出口，也不會被記錄下來，成為史料留存後世。如果想利用於一時的宣傳，進一步遺留後代，就只能採取文書的形式。但如具有關鍵性的讀書人不肯支持，目不識丁的民眾根本束手無策。

　　讀書人大多是地主階級出身，具有所謂保守反動的本質，通常都支持當權者。既然如此，目不識丁的民眾就註定要「啞吧吃黃蓮」了。

　　知識階級開始站在羣眾前面帶頭吶喊，是在大正初期，台灣開始蛻變邁向現代社會的時候。開拓者的美譽應該由一九二〇年(大正9年)創辦《台灣青年》的一羣東京留學生分享。他們起初用北京白話和日語，後來光用日語，展開犀利的論調，讓統治者膽顫心驚。這個時期創作了出色的評論、小說和詩歌，不勝枚舉。但太平洋戰爭爆發後，在強權發動之下，他們被迫保持沈默。

　　戰爭一結束，他們再度恢復活動。他們精力充沛的活動，到二二八事件發生為止，使台灣一度出現「文藝復興」的盛況。

　　二二八事件以後，島內台灣人的著述活動完全銷聲匿跡，形成恐怖的「文化沙漠」。只有一些倖免迫害寄身海外的台灣人，為了爭取獨立，展開轟轟烈烈的宣傳活動，留下不少的文獻記錄。

　　但大正時代中期以迄現在的台灣人的文獻記錄，幾乎都是以日語、北京話或英語撰寫，這一點必須考慮。

　　被統治者獲准表達的限度，一開始即已規定，不是對統治者的阿諛奉承，就是無關利害的風花雪月。除非能夠擺脫統治者的魔掌，他們只好把啞欲一吐為快，對迫害所抱的牢騷不滿憋在心裏，或頂多以拐彎抹角的方式表達。若這種狀態持續數十年的話，人們就會逐漸習以為常，對於刻意去表明自己的意願覺得麻煩，竟至於死心而安於現狀。停止表達，造成停止思考，最後民族精神開始墮落。台灣人現在正處於這個關頭。

　　要從台灣人被壓迫的歷史當中找出用台灣話撰寫的記錄，並不容易。幸好我們有一種絕無僅有的寶貴記錄，那就是歌仔冊。

台灣的流行歌曲

　　雖然有台灣民謠和歌謠這方面的研究，卻沒有和民謠、歌謠有密切關係的歌仔冊本身的研究。一九五八年筆者在東京大學文學院提交的畢業論文〈台灣話表現形態試論〉(稿紙400頁)──關於命令、意志、疑問、應當、可能、推測之類的表達形式的研究──的序論部分曾做簡短的討論，據筆者所知，這是唯一的文獻。因爲筆者在論文中所用的例句均採自歌仔冊，基於考證的需要，不得不加以討論。職是之故，本講擬根據當時所獲的知識，加上後來發現的新資料略加敍述。

　　歌仔即「歌曲」，冊即「書本」，因此整個意思就等於「歌本」，但如果以爲它和日本所謂流行歌曲的歌本性質相同，就大錯特錯了。雖然沒有日本那麼多，台灣也有流行歌和台灣電影的主題歌。把這些彙成單行本出版，就是一本很像樣的歌本，可惜筆者淺陋，未曾見過。

　　台灣的流行歌曲始於一九二〇年代。流行歌曲姑且下定義爲：配合西洋樂器伴奏，具有現代旋律的歌曲。以下信手拈來，試將歌名和開頭的歌詞列出。這些都是各位讀者能隨口哼出的歌曲。

　　雨夜花 (Ú-iā-hoe)

　　　雨夜花　雨夜花

　　　受風雨吹落地 (Siū hong-ú chhoe-loh tē)

紅鶯之鳴 (Hông-eng chi bêng)

　　日落西 (Jı̍t lo̍h sai)

　　愛人猶未來 (Ài-jîn iáu-bē lai)

　　憂悶在心內 (Iu-būn tsāi sim-lāi)

自由船 (Chū-iû-chûn)

　　自由船　　自由船

　　港中亂子奔 (Káng-tiong loān-chú phun)

望春風 (Bōng-chhun-hong)

　　獨夜無伴守燈下 (To̍k-ia bô-phoāⁿ siú teng-ē)

　　冷風對面吹 (Léng-hong tùi bīn chhe)

怪紳士 (Koài sin-sū)

　　怪紳士

　　派頭粗 (phài-thâu chho͘)

　　行進跳舞照步數 (Kiâⁿ-chı̍h thiàu-bú chiàu pō͘-sò͘)

桃花泣血記 (Thô-hoe khip-hiat kì)

　　人生親像桃花枝 (Jîn-seng siâng-chhiūⁿ tô-hoe-ki)

　　有時開花有時死 (Ū-sî khui hoe ū-sî sí)

送君詞 (Sòng-kun-sû)

　　風霜拍入愛情關 (Hong-song phah-jip ài-chêng-koan)

　　淒慘分別大哀怨 (Chhi-chhám hun-piat toā ai-oàn)

跳舞時代 (Thiàu-bú sî-tāi)

　　阮是文明女 (Gún si bûn-bêng lí)

　　東西南北自由去 (Tang-sai lâm-pak tsū-iû khì)

娼門賢母 (Chhiong-bûn hiân-bó)

娼妓賣笑面歡喜 (Chhiong-ki boē-chhiàu bīn boaⁿ-hí)

哀怨在心內心傷悲 (Ai-oàn chāi sim-lāi sim siong-pi)

人道 (Jîn-tō)

家內全望君榮歸 (Ka-lāi choân bāng kun êng-kui)

艱難勤儉送學費 (Kan-lân khîn-khiām sàng ha̍k-hùi)

白牡丹 (Pe̍h bó·-tan)

白牡丹

笑吻吻 (Chhiò-bún-bún)

三線路 (Sam-soàⁿ-lō·)

三線路

草青青 (Chháu chiⁿ-chiⁿ)

想着彼時月光冥 (Siūⁿ-tio̍h hit-sî ge̍h-kng-mî)

一個紅蛋 (It kò hông-tan)

想要結髮傳子孫 (Siūⁿ-beh kiat-hoat thoân kiáⁿ-sun)

無疑明月遇烏雲 (Bô-gî beng-goa̍t gū o·-hûn)

挽茶花鼓 (Bán tê hoe-kó·)

阿娘九個 (A-niû káu ê)

阿哥一個 (A-ko chi̍t ê)

頭殼攏戴笠 (Thâu-khak lóng tì le̍h)

五更鼓 (Gō·-keⁿ-kó·)

一更啊更鼓 (It-keⁿ a keⁿ-kó·)

月照山 (Ge̍h chiò soaⁿ)

牽君啊的手 (Khan kun a ê chhiú)

摸心肝 (Bong sim-koaⁿ)

<u>雪梅思君</u> (Soat-mûi su kun)

正月算來人迎翁 (Chiaⁿ-geh sǹg-lâi lâng gêng-ang)

滿街鑼鼓鬧蔥蔥 (Moá-ke lô-kó͘ nāu-chhang-chhang)

另外還有苦干首只知道旋律，不知道歌詞，或知道大概的歌詞、但不知道歌名。

上面這些歌曲當中，至少最後兩首——〈五更鼓〉和〈雪梅思君〉——是日治時代以前就流傳的曲子，特別值得珍視。

最近作曲家許石致力於推廣台灣民謠。他所編所作的新曲多模倣而低俗，不敢恭維。介紹古老的民謠編曲也編得很不對勁，歌詞的發音也錯誤百出，相當糟糕。比不上昭和時代初期的歌曲那樣，歌詞優美，曲調動聽。不過他發掘〈思想枝〉(Su-siáng-ki) 和〈丟丟咚〉(Tiú-thú-tâng) 等埋沒已久的民謠，賦予新貌公諸於世，功不可沒，應該給予極高的評價。

歌仔冊和歌仔

也有一些歌仔冊刊載這些流行歌曲和民謠，但只是當作附錄，主要內容還是「歌仔」。歌仔，通常指以七言或五言的形式，共有三百句到四百句相連而成的韻文而言。通常每句的結尾都押韻，聽起來非常悅耳。押韻通常不是從頭到尾只押一種韻，而是隨時更換。這三、四百句收錄於四張八頁左右薄薄的小冊子內，就是歌仔冊。一冊兩分錢，十分錢可以買六冊。先兄有蒐集歌仔冊的嗜好，筆者也被傳染，猶記得以前兩人競相蒐新求異。筆者赴日後，請家人寄來的歌仔冊大約有一百四十五冊。這是家人隨便挑選寄來的，實際數目應該有好幾倍。筆者只能利用這一

百四十五冊進行初步的研究。首先可以分成下面幾類：

有關三伯英台	三二冊
有關歷史故事	三五冊
有關世俗勸戒	一九冊
有關相褒歌	一四冊
有關流行歌曲	七冊
其他	三八冊

　　三伯英台是流傳中國各地、描寫東晉(4世紀)時代梁山伯和祝英台轟轟烈烈相戀相愛的敍事詩，它給受到封建舊禮教束縛的青年男女帶來莫大的希望和鼓舞，不難想像。這個故事由於太有名，在各地受到不同的潤飾，加油添醋也是難免。在台灣，故事並沒有在兩人死後化爲蝴蝶升天就告結束，還讓他們復活，也就是「顯聖」(hián-sèng)，甚至於讓他們兩人遊陰曹地府，而且還穿插兩人的婢女僕從——人心 (Jîn-sim) 和士久 (Sū-kiú)——的另一段羅曼史，令人可以盡情玩味，是爲特色。一九五三年十二月十五日和一九五四年一月二十五日的《華僑文化》(神戶市，華僑文化經濟協會發行，1954年春停刊)載有拙作〈三伯英台在台灣〉。但因該雜誌停刊，只寫了一半。

　　和〈三伯英台〉堪稱雙璧的戀愛敍事詩是〈陳三五娘〉(Tân-saⁿ-Gō·-niû)。這是明代中期(15世紀)流傳於福建的羅曼史(陳三是泉州人，五娘是潮州人)，時代和舞台背景都比較接近，在台灣或許可以說比〈三伯英台〉更受歡迎。遺憾的是，筆者手邊的歌仔冊有關這個故事的，完全付諸闕如。

　　和歷史故事有關的有〈大舜孝義〉(Tāi-sùn hàu-gī)、〈封神榜〉(Hong-sîn-póng)、〈孟姜女〉(Bēng-khiuⁿ-lú)、〈呂蒙正〉(Lū-bông-chèng)、〈賣油郎〉(Boē-iû-lông)、〈大明節孝王鸞英〉(Tāi-bêng chiat-hàu Ōng-lôan-eng)，都是摘編自大陸有名的傳記小說故事類。

　　由此可見，昔日的台灣人把大陸當做心靈的故鄉，但他們是否發現在政治、經濟、社會各方面逐漸脫離大陸的所謂離心力也同時發揮作用？至於向心力和離心力何者較強，從台灣的歷史發展方向來看，當然是後者慢慢凌駕前者，現在已經勝負分明。這並非筆者的偏見。後者凌駕前者的原因在於：前者純爲感傷主義，後者則是強烈的現實主義；前者不過是精神上的附屬品，後者卻是不可或缺的麵包。

　　世俗勸戒是歌仔册具有建設性的另一面。主題集中在鴉片、纏足、「嫖賭飲」(Phiâu-tó͘-ím)，也是理所當然。和民眾站在同樣的層次，以情理和幽默交織而成的苦心相勸，比政府繁雜的法令規章來得恰當有效。例如〈勸改阿片歌〉(Khǹg kái A-phiàn koa)(1933年1月19日發行，台中市綠川町四丁目一番地，瑞成書局，發行人許金波)有這麼一段：

　　　食着阿片眞成死(chiah-tio̍h a-phiàn chin-chiâⁿ sí)

　　　　　　　　　　　　　　　　鴉片上癮真糟糕

　　　腳骨手骨那鐵絲(Kha-kut chiú-kut ná thih-si)

　　　　　　　　　　　　　　　　手腳骨頭如鐵絲

　　　有錢通趁無愛去(Ū chîⁿ thang thàn bô ài khì)

　　　　　　　　　　　　　　　　有錢可賺不願去

倒在床中像大豬(Tó tī chhn̂g-tiong chhiūⁿ toā-ti)

躺在床上像隻豬

「死、絲、去、猪」押 -i 韻。

相褒歌 (Saⁿ-po-koa) 是以某一事物爲主題,男女間或同性間所做的對口唱和。旣然用「褒」字,那就是要捧對方——這樣的解釋是不對的。男女對唱,目的當然在於向對方求愛,所以措詞婉轉韻味無窮,而且巧妙地穿插比喻。在歌仔當中,這是最富有藝術性和吸引力的領域。一九一七年,平澤丁東最先肯定它的價值(平澤丁東編:《台灣的歌謠與名著故事》,1917年2月5日發行,台北城內石坊街一丁目一七番戶,晃文館),台灣人才因此有所認識,努力蒐集並加以介紹。到一九四三年,台北帝國大學的稻田尹出版《台灣歌謠集》一書,才給予具有決定性的評價。

本來,民俗的藝術性經常都是外來者先發現,本地人反而不容易意識到。台灣男女相褒歌的藝術性受到日本人的評價時,台灣人非常驚愕。蒙昧無知的民衆所唱的男女情歌,下流之至,根本不屑一顧——這是在此之前知識階段所抱持的眞正想法。其實他們把孔子對詩歌給予極高評價的精神拋在腦後。請各位聽一段相褒歌看看。

阿君要轉阮要留 (A-kun beh tńg, gún beh lâu)

君欲歸去儂欲留

留君神魂用紙包 (Lâu kun sîn-hûn iōng tsoá pau)

留君神魂紙包之

等君去後提來解 (Tán kun khì-āu theh-lâi tháu)

等君去後才打開

　　日日看君在阮兜 (Ji̍t-ji̍t khoàⁿ kun tī gún tau)

日日見君在儂家

同性間的相褒歌類似對口相聲。例如：

　　〈靑冥擺腳對答歌〉(Chhiⁿ-mî pái-kha túi-tap-koa)

瞎子瘸子鬥嘴

　　〈鐵齒銅牙曹歌〉(Thi-khí tâng-gê-tsô koa)

鐵牙齒銅牙根，頑固者鬥嘴

　　〈無某無猴歌〉(Bô-bó· bô-kâu koa)

光棍鬥嘴

　　〈憑單覽爛相格歌〉(Pîn-toaⁿ lám-noā saⁿ-kek koa)

懶蟲邋遢鬼鬥嘴

筆者認爲這些都是佳作。

　　流行歌曲前面已經提到，這裏從略。

　　其他的種類有屬於創作、類似說書的，有天南地北無所不談、近乎百科全書學派的。試舉若干爲例：

　　〈最新百果歌〉(Tsoè sin pek-kó koa)

　　〈最新探娘歌〉(Tsoè sin tám niû koa)

　　〈最新萬項事業歌〉(Tsoè sin bān-hāng sū-gia̍p koa)

　　〈破天羅地網陣戶蠅蚊仔大戰歌〉(Phoá thian-lô tē-bāngtīn hô·-sîn báng á toā-chiàn koa)

　　〈食茶講詩句新歌〉(Chia̍h tê kóng si-kù sin koa)

　　〈金快運河記新歌〉(Kim-khoài ūn-hô kì sin koa)

　　〈出外風俗歌〉(Chhut-goā hong-sio̍k koa)

　　〈最新中部地震歌〉(Tsoè sin Tiong-pō· tē-tāng koa)

〈現代文明維新世界歌〉(Hiān-tāi bûn-bêng î-sin sè-kài koa)

〈地獄十殿歌〉(Tē-gėk tsáp-tiān koa)

〈電影荒江女俠歌〉(Tiān-iá" Hong-kang Lù-kiap koa)

〈社會娛樂歌〉(Siā-hoē gû-lȯk koa)

但除了〈戶蠅蚊仔……〉〈地獄十殿……〉以外，我們可以發現，歌仔已有逐漸融匯於現代社會的傾向。尤其像〈金快運河記……〉〈中部地震……〉之類，甚至具有報導文學的性質，也許可以說，歌仔已在這裏找到新生之路。可惜的是，一九三七年由於中日戰爭爆發，歌仔册竟然遭到禁止銷售的命運。

第十八講

談歌仔冊 (II)

詩和歌仔

歌仔大多以七言組成,乃因和台灣話(廣泛地說應為漢語)的韻律有密切的關係。

七言可以分析成下面的結構:

換言之,台灣話的韻律以雙音節最為穩定,所以用得最多。連續三組雙音節,在第三組的前面或後面配上一個單音節賦予變化的形式,就是七言。

雙音節不必限於雙音詞(由兩個音節形成的詞),也可以是兩個單音詞並列。

雙音節在漢語韻律中最為穩定,最常使用,漢魏以迄唐初風

行很久的四六駢儷文就是明證。四言是「○○　○○」,六言是「○○　○○　○○」,自不待言。

四言可以上溯至《詩經》(詩的形式以四言爲最短小)。

關關　　睢鳩

在河　　之洲

窈窕　　淑女

君子　　好逑　　　　　　　　　　　　　　(〈關睢・周南〉)

「在河之洲」是四個單音詞並列,從意義上來看應爲「在河之洲」,但韻律上分爲「在河」和「之洲」兩個部分。

五言的結構是:

只是把七言的「○○」拿掉一組(應該說七言是從五言發展而成才對)。

行行　　重行行

與君　　生別離

相去　　萬餘里

各在　　天一涯

‥‥‥‥‥‥‥‥‥　　　　　　　　　　　(《古詩十九首》)

詩的形式以七言爲極限。八言大概會分爲四言二句,九言則分爲四言和五言或二言和七言。

歌仔的精髓和形式都和詩不同。總而言之,歌仔只是讓一連串七言的末尾音節韻母勻整畫一,以達到問答或說明能夠悅耳動

聽的目的。它一定也受到詩的影響，但只不過是這個方言的使用者，基於長年的經驗，自然領悟的修辭(韻律)上的技巧。由於措詞的關係而無法押韻時，不必勉強押韻，也可以利用相近的韻。

但詩注重傳統的格式，不可缺乏精神，而且平仄限制甚嚴。

例如七絕平起的詩，平仄的格式是：

平平　仄仄　仄平平
仄仄　平平　仄仄平
仄仄　平平　平平仄
平平　仄仄　仄平平

起句、承句和結句的末尾音節必須押韻。

讓我們比較一下歌仔和詩的不同。以〈憑單懶爛相格歌〉(Pîn-toāⁿ lám-noā saⁿ-kek koa) 的頭四句爲例：

過年我娶一個某 (Kè-nî goá chhoā chit ê bó͘)

過年俺要討老婆

娶着一個成大圓 (Chhoā-tióh chit ê chiâⁿ toā-kho͘)

討到一個大肥婆

打算界倒台灣島 (Phah-sǹg kài-tó Tâi-oân-tó)

大概壓倒全台灣

卜是豬有二百圓 (Beh-sī ti ū nňg pah kho͘)

是豬可賣兩百元

(「娶」chhù，「一」it，「個」kò，「圓」oân，「打」táⁿ，「卜」pok，「二」Jī 讀成上面的音是借字訓讀，「界」應爲「蓋」。)

從第一句、第二句、第四句來看，應該一貫押 -o͘ 韻才對，但第三句用 -o。大概是因爲相近，拿來充數。還有第二句和第

四句同樣用「圓」kho˙字,也欠妥。

　　歌仔册以三百句到四百句構成,要從頭到尾押一種韻幾乎不可能。同樣地,每四句押不同的韻也不可能。因此,包含較多詞語的大韻,使用的頻率很高。例如 -i、-iⁿ 、-o、-o˙ 、-ian、-iaⁿ ,都是大韻。

最初先有歌仔戲

　　歌仔册和歌仔戲 (koa-á-hì) 的關係如何?只不過在某一點形成交叉而已,歌仔册的歌仔,意思是韻文,歌仔戲的歌仔,是指唱歌而言。

　　歌仔戲的歷史比歌仔册古老得多。台灣開拓新天地之初,戲劇已經存在。台灣人以愛好戲劇聞名,一鄉一村的拜拜或一家一戶的喜慶,一定以演戲爲餘興節目。雍正二年(1724年)撰成的《諸羅縣誌》〈風俗志〉有下面一段記載:

> 演戲不問晝夜,附近村莊婦女輒駕車往觀。三五羣坐
> 車中,環台之左右。有至自數十里者,不艷飾不登
> 車,其夫親爲之駕。

　　移民的社會充滿殺伐之氣,人們渴求娛樂。而唯一健全的娛樂便是戲劇。戲劇似乎以戀愛戲居多。〈陳三五娘〉〈三伯英台〉是其中最叫座的,上一講已經提到。勸善懲惡的戲也令人感動。俗語有云:「做十三年海洋,看一齣斷機教,流目屎」(Tsoé tsa̍p saⁿ nî hái-iûⁿ, koàⁿ chit chhut toān-ki-kàu, lâu ba̍k-sái:做十三年海盜,看一齣孟母斷機,淚流不已)。

　　戲劇沒有什麼像樣的腳本。只靠專屬於戲班的編戲者向演員說明內容，讓他們記住台詞、唱腔和動作身段。因此演員必須有很好的記憶力。編劇自何處取材？唯有利用中國的小說雜劇。〈陳三五娘〉取自《荔鏡記》，〈三伯英台〉取自《祝英台故事》。(大阪市立大學香坂順一教授藏書，1930年1月出版，錢南揚編《祝英台故事記》，對故事的由來加以考證。)

　　最初的戲劇大概是粗俗的車鼓戲 (Chhia-kó͘ hì)，後來逐漸改良成爲歌仔戲。根據台灣戲劇研究家呂訴上的說法，歌仔戲是在台灣發展出的特有戲曲，出色的曲調，豪華的戲裝和佈景，到大陸公開演出，不但風靡無數觀眾，而且成爲福建地方發展「薌戲」的主因。(1961年9月，銀華出版社出版，呂訴上著《台灣電影戲劇史》，頁234)

歌仔冊和歌仔戲的銜接點

　　歌仔冊起源不詳，根據台南鄉土歷史家賴建銘的報告，可知道光年間(19世紀初期)已有刊本。筆者見過比這個更早的報告，賴建銘列舉了道光年間刊行的八種歌仔冊：

　　　〈新刊台灣朱一貴歌〉
　　　〈新刊台灣陳辨歌〉
　　　〈初刻花會新歌〉(花會〔hoe-hoē〕是一種賭博)
　　　〈新刊莫往台灣，女人卅六款歌〉
　　　〈新刊戲闞歌〉(戲闞〔hì-chhoàn〕謂狂熱的戲迷)
　　　〈新選笑談俗語歌〉
　　　〈新刊拔皎歌〉(拔皎〔poàh kiáu〕即賭博)

〈新刊神姐歌〉(神姐〔sîn-chiá〕即女巫)

咸豐年間刊行的三種歌仔冊：

〈新刊台灣種葱奇樣歌〉

〈新刊番波弄歌〉(番婆弄〔hoan-pô-lāng〕是車鼓戲的節目
之一)

〈新編猫鼠相告〉

光緒年間刊行的一種歌仔冊：

〈台省民主歌〉(大概是指台灣民主國)

(1958年8月，台南文獻委員會發行的《台南文化》第6卷第1期所載，
賴建銘〈清代台灣歌謠(上)〉)

　　既然標明是「新刊」，根據常識來判斷，在此之前應有「舊
刊」，不過有時冠上這兩個字只是為了標新立異，不可輕下斷
言。這些歌仔冊未必是在台灣出版，不如說很有可能原先是在大
陸出版。歌仔的形式不限於台灣，在大陸也很流行，山西省的
〈信天遊〉就是有名的例子。

　　筆者說過歌仔冊和歌仔戲在某一點交叉，是指二者有不少以
同樣的傳奇故事為題材，而且歌仔戲的台詞和唱曲也以五言或七
言構成這兩方面而言。

　　例如下面這一段，是〈三伯英台〉中有名的丑角安童哥仔
(An-tông-ko-á)奉主人之命上街辦貨時的台詞，只用梆子伴奏。
原文很長，這裏只節錄一部分。

安童哥仔行入去 (An-tông-ko-á kiâⁿ-jip-khì)

安童哥兒走進去

頭家一聲叫夥記 (Thâu-ke chit-siaⁿ kiò hé-kì)

老闆開口叫夥記

主顧來到只 (Tsú-kòo lâi kàu chí)

顧客上門了

交關小可錢 (Kau-goan sió-khoá chîⁿ)

帶來些許錢

卜買小可物 (Beh boé sió-khoá mih)

要辦些許貨

大先看定意 (Dāi-seng khoàⁿ tiāⁿ-ì)

東西先看準

特色的荣味 (Ték-sek ê chhài-bī)

絕佳的菜肴

蟶干與蝦米 (Than-koaⁿ kāng hê-bí)

貝乾跟蝦米

馬薯甲栗只 (Bé-chî kah lát-chí)

芋薺和粟子

獨項罵甲意 (Ták-hāng mā kah-ì)

樣樣都中意

…………

〈新編安童買菜歌〉(Sin-phian An-tông boé-chhài-koa)

　　小時候看的歌仔戲，印象還很鮮明，看歌仔冊時，輕快的曲調自然脫口而出。

　　正因歌仔冊不必受限於舞台，很容易增加數目，形成獨特的發展過程。不過由於目不識丁的人很多，根本無法暢銷。歌仔冊

要和一般民眾結合，必須依靠媒介，也就是所謂「講古的」
（kóng kó·e：說書藝人）。

說書藝人和彈唱藝人

　　說書藝人通常在廟前的榕樹下或遊樂場所的一隅招徠聽眾，
利用嗓音和手勢動作說故事，博取賞錢。如果是走紅的說書藝
人，在說書場四周賣茶點水果，也是不錯的生意。從體裁上來
看，歌仔冊似乎是當做說書藝人所用的藍本而出版的，但隨著一
般民眾生活文化水準的提高，已經被排斥於說書圈外。換言之，
用歌仔冊做藍本，已經賺不到錢了。取而代之被當做藍本的是
《三國志演義》(Sam-kok-chì-ián-gī)、《濟公傳》(Chè-kong-
toān)、《彭公案》(Phîⁿ-kong-àn)、《施公案》(Si-kong-àn)、
《包公案》(Pau-kong-àn)、《薛仁貴征東》(Sih Jîn-kùi cheng-
tong)、《水滸傳》(Súi-hó-toān)、《今古奇觀》(Kim-kó· kî-
koan)、《乾隆君遊江南》(Khian-liông-kun iû Kang-lâm) 之類。

　　這些確實是專門上演愛情故事的歌仔戲所無法演出的。薄薄
的歌仔冊也容納不了。如無相當的學力，能夠閱讀艱澀難懂的原
著，而且能夠運用豐富的台灣話詞彙，根本幹不了這一行。名聲
響亮的說書藝人，在後代仍會受人懷念。台南市名氣大的有：媽
祖宮 (Má-tsó·-keng) 的「潭仔」(Thâm-à)，關帝廟 (Koan-tè-biō) 的
「海仔」(Hái-á)，下太子廟 (Ē-thài-tsú-biō) 的「俊仔」(Tsùn-á)，金
安宮 (Kim-an-keng) 的唯一女說書人林明玉 (Lîm Bêng-giok)。據
說現在在永樂市場 (Éng-lȯk chī-tiûⁿ) 內，有施某 (Si-bó·)、黃丁
燦 (N̂g Teng-chhàn)、邱益崑 (Khu Ek-khun) 三人在打對台（前引

書。許丙丁《台南市民間說書藝人》)。

　　彈唱藝人通常是女瞎子，由幼童以手杖牽引，在晚上沿後街小巷而行，有人招呼，即爲之彈唱。彈唱的歌曲多爲歌仔戲中有名的主題歌，價碼不高，常能看到僕人或下女打開後門喚入屋內，點唱一兩首，入神傾聽。

歌仔冊的使命

　　歌仔冊被說書藝人認爲太幼稚而棄如敝屣，但仍然繼續存在，達成自己的使命。因爲它們從都市向鄉村滲透，靠村內萬事通的一張嘴，成爲文化水平較低的人的精神食糧，普遍受到歡迎。

　　台中市瑞成書局發行的歌仔冊，封底有下面一段話：

> 本局創業以來已歷二十餘星霜。最近幾年來編輯最新
> 流行的各種歌冊數百種，無不適應社會需求。承蒙各
> 界購閱及海內外同業熱心提攜，鼎力推銷，故營業發
> 達大有一日千里之勢，然飲水思源，皆我同胞所
> 賜……。

由此可見歌仔冊有其極大的需要。

歌仔冊本身標榜的是什麼功用？

　　念歌算是好代誌 (Liām koa sǹg-sī hó tāi-chì)

　　　　　　　　　　　　　　　　　讀歌仔冊是好事

　　讀了那熟加識字 (Tha̍k-liáu nà so̍k ke bat jī)

　　　　　　　　　　　　　　　　　若是讀熟多識字

失頭咱那做完備 (Sit-thâu lán nā tsoè oân-pī)

活兒如果都做完

閑閑通好念歌詩 (Êng-êng thang-hó liām koa-si)

閒著可以唸歌詩

學念歌仔卻也好 (Óh liām goa-á khiok iā hó)

學唸歌兒也不錯

未輸甲人讀暗學 (Boē su kah lâng thák àm-óh)

好像跟人唸夜校

日時失頭做清楚 (Jit-sî sit-thâu tsoè chheng-chhó)

白天活兒都做完

閑閑通好念勅桃 (Êng-êng thang-hó liām thit-thô)

閒著可以唸著玩

〈問路相格歌〉(Mn̄g lō· saⁿ-kek koa)

　　歌仔册的需要以農村爲主，起先請人唸，以後就可以慢慢自己唸。有寓學習於娛樂的功用，一舉兩得，由此可知。

　　筆者手邊的歌仔册，最古老的是一九二五年印行的。一九三一年到一九三七年之間印行的則佔絕大多數。一九三七年以後的，一本也沒有。

　　當時的社會背景可以推測如下：一九一五年的西來庵事件平息後，台灣社會趨於安定。日語教育從這時開始向中上階級滲透，但整體的文化水平仍低。一九二五年以後，日本大力推動日語教育，可是農村仍極保守，尚無法奢求提高文化水平，非用日語不可。以娛樂爲主，以教育爲副的歌仔册於是發揮功用，日本的總督府也不得不准許其存在。但隨著中日戰爭的爆發，歌仔册

和其他的白話文、漢詩一樣，一齊遭到禁止。即使不是這樣，歌
仔冊在日語普及和影劇廣播日益發達的情況下，也是註定會沒落
的。

　　不過，歌仔冊在日語的普及和日本國家政策的推動上扮演了
某種角色，也是事實。下一講會簡單加以說明。

歌仔和日語

　　歌仔册在日語普及上也發揮作用。上了年紀的讀者大概有人
知道下面這種合轍押韻的日語學習法：

　　　　atama itai　　　　頭殼昏 (thâu-khak hîn)

　　　　nakinmame　　　　土豆仁 (thô·-tāu-jîn)

　　................

　　這樣學會的日語單字常被用於日常會話中：

　　　　arigato　　　　汝眞好 (lí chin-hó)

　　　　　謝謝　　　　　　　　　　　　　　　　　　　你眞好

　　　　sayonara　　　　來勅桃 (lâi thit-thô)

　　　　　再見　　　　　　　　　　　　　　　　　　　請來玩

　　　　　　　　　〈農場相褒歌〉(Lông-tiûⁿ saⁿ-po koa)

台灣話沒有的詞語(文化詞彙)，就原封不動把日語的詞語借來使用：

手舉一枝布雨傘 (Chiú giah chit ki pò͘ hō͘-soàⁿ)

> 手拿一把布雨傘

oba koto 提來麻 (théh lâi moa)

> 大衣拿來披上身

…………

烏的 seru 也着剪 (O͘ ê seru iā tioh chián)

> 黑色布料(斜紋嗶嘰)也得買

乎娘來穿恰新煙 (Hō͘ niû lâi chhēng khah sin-ian)

> 娘兒穿來更顯眼

〈錯了閣再錯勸世歌〉(Chhò-liáu ko-tsài chhò khǹg-sè koa)

店號號做 maru 坤 (Tiàm-hō hō-tsoè maru khun)

> 店名叫做坤家號
>
> 〈農場相褒歌〉

吳 san 即助銀五圓 (Gô͘ san chiah tsō͘ gûn gō͘ kho͘)

> 吳兄幫助五銀元
>
> 〈金快運河記新歌〉(Kim-khoài ūn-hô kì sin-koa)

日語只有五個元音 a、i、u、e、o。要押韻過於單純，所以日本的詩不押韻，以所謂七五調表現韻律之美(新體詩則不然)。但把日語用於歌仔時，會利用日語的韻。這時候，由於日語每一個

音節在時間上長度較短，必須稍微拉長，以配合台灣話音節的長度。

來恁 tokoro　　(Lâi lín)

> 到您這兒來

專講 kokugo　　(Tsoan kóng)

> 完全講國語

冬瓜 tabero　　(Tang-koe)

> 請吃冬瓜糖

新娘 arigato　　(Sin-niû)

> 新娘謝謝你

〈食茶講詩句新歌〉(Chiah tê kóng si kù sin koa)

新娘用「冬瓜 tabero」這種不客氣的說法，姿色將減少三分，不過筆者實際上聽過鄉下男女說這種破格的日語。日語的敬語相當複雜，初學者最傷腦筋。

後來日本推行國策，十萬火急，無法等到日語普及再說。這時候，廣播也開始把歌仔拿來利用。例如：

疏開疏開　到時你着知 (So͘-khai so͘-kai kàu-sî lí tioh tsai)

> 疏散疏散　到時你就知道

不搬是大呆瓜 (M̄ poaⁿ sī toā gōng-tai)

> 不搬是大傻蛋

歌仔冊的出版和作家

台灣出版歌仔冊的中心是嘉義。

嘉義市西門町2～49　捷發漢書部　發行人　許嘉樂　許
　應元

嘉義市西門町1～17　玉珍書店　發行人　陳玉珍

這兩大書店互別苗頭。

台北有：

台北市下奎府町1～160　同隆協書店　發行人　周天生

台北市下奎府町1～145　其芳公司　發行人　陳竹林

台北市太平町2～23　發行人　黃春山

台北市下奎府町1～13　發行人　王金火

台北市日新町1～207　發行人　林文德

台中有：

台中市綠川町4～1　瑞成書局　發行人　許金波

高雄有：

高雄市鹽埕町2～20　三成堂石版印刷部　發行人　呂文
　海

上海出版的也有數册摻雜在內，相當稀罕。

上海市海寧路天保里　開文書局

上海出版的歌仔册和台灣出版的略有不同。上海出版的縱15
公分，橫10.5公分。台灣出版的縱15.3公分，橫8.8公分，前者
尺寸稍大。台灣出版的，不分書店，有一定的規格。而且前者是
洋裝書，兩面印刷；後者爲日本式裝訂，單面印刷然後對摺。上
海出版的大概不是專門爲了運銷台灣而印刷，可見歌仔册在福建
也很流行。上述瑞成書局的廣告也有「海內外」的字樣。

書店向作家買稿子，甚至有書店(其芳書店)大登廣告「收購

歌稿」。歌仔冊中提到的作家姓名，有基隆的宋文和 (Sòng Bûn-
hô)、台北的梁松林 (Niû Siông-lîm)、鄭三奇 (Tēⁿ Sam-kî)、麥田
(Be̍k-tiân)、國安 (Kok-an)，大甲的林九 (Lîm-káu)、林達標 (Lîm
Ta̍t-phiau)，鳳山的王賢德 (Ông Hiân-tek)，籍貫不詳的安定子
(An-tēng-tsú)、邱清壽 (Khu Chheng-siū)、禾火 (Hô-hé) 等人。

作家自我介紹之例 (Ⅰ)：

來者共恁恰怎座 (Lâi chia kā lín khah tsak-tsō)

　　　　　　　　　　　來此打擾各位了

卜念撞球個相褒 (Beh liām tōng-kiû ê saⁿ-po)

　　　　　　　　　　　要念撞球相褒歌

只漸歌仔我新做 (Chit tsām koa-á goá sin tsò)

　　　　　　　　　　　這首歌兒我新作

就是基隆宋文和 (Chiū-sī Koe-lâng Sòng Bûn-hô)

　　　　　　　　　　　我是基隆宋文和

作家自我介紹之例 (Ⅱ)：

下本新歌勸少年 (Ē-pún sin koa khǹg siáu-liân)

　　　　　　　　　　　下冊新歌勸少年

大甲西門林九編 (Tāi-kah Se-mn̂g Lîm-káu phian)

　　　　　　　　　　　大甲西門林九編

勸恁經濟一方面 (Khǹg lín keng-tsè chit hong-biān)

　　　　　　　　　　　奉勸各位要節儉

不通專心想卜天 (M̄-thang tsoan-sim siūⁿ beh thian)

不可以遊手好閒

〈專勸少年好子歌〉下本
(Tsoan khǹg siáu-liân hó-kiáⁿ koa ē-pún)

警告剽竊之例：

買去着念乎人聽 (Boé-khì tioh liām hoˑ lâng thiaⁿ)

買了要唸給人聽

即知姓王賢德名 (Chiah tsai sīⁿ Ông Hiân-tek miâ)

才知姓王名賢德

順續交帶同業者 (Sūn-soà kau-tài tông-giáp-chiá)

順便告知同業者

卻印此歌我個子 (Khioh ìn chit koa goâ ê kiáⁿ)

盜印此歌龜孫子

〈猜藥相襃男女對答歌〉(Chhai ioh saⁿ-po lâm-lú tùi-tap koa)

說明作家和書店關係之例 (1)：

通知列位恁係項 (Thong-ti liát-ūi lín ē-hāng)

通知各位下列事

編歌邱壽伊一人 (Phian koa Khu Siū i chit lâng)

邱壽一人編此歌

· · · · · · · · · · · · · · · · ·

就是玉珍拜託我 (Chiū sī Giók-tin pài-thok góa)

玉珍書店拜託我

編出姜女全集歌 (Phian-chhut Khiuⁿ-lí tsoân-chip koa)

編出孟姜女歌集

〈孟姜女成天新歌〉第五集
(Bēng Khiuⁿ-li sêng-thian sin koa tē-gōʾ-chip)

說明作家和書店關係之例(II)：

　三奇編歌發行人 (Sam-kî phian koa hoat-hêng-jîn)

編此歌者鄭三奇

　即對朋友說恰眞 (Chiah tùi pêng-iú seh khah chin)

再向各位説詳細

　小弟編乎玉珍印 (Sió-tī phian hōʾ Giók-tin ìn)

編給玉珍書店印

　三伯和番成苦憐 (San-pek hô-hoan chiāⁿ khóʾ-lîn)

三伯和番真可憐

表音化的意義及其限度

　　讀者大概已經發現，歌仔冊的用字法乍見之下極爲散漫，但其中含有重大的意義。當時，在社會的上層，學者專家之間針對台灣話利用漢字的書寫法展開高難度的論戰。極右派是連雅堂，主張「根據正確的語源使用正確的漢字」。連雅堂爲此寫了《台灣語典》。(關於台灣話書寫法的論戰容日後介紹)

　　可是實務家──商人卻不管這一套，採取現實的路線。玉珍書店發行的歌仔冊封底有下面一段廣告：

　　　　本部發行新舊歌冊，向以漳泉俗語土腔編成白話，故重韻以白字居多，使人人得見之能曉，一誦而

　　韻聯。近來專爲搜集現代最流行之歌劇，陸續出版，
先後發行以供各界遊樂中之消遣也。

　　這段廣告使用艱澀的文言文令人遺憾。大概是針對一個人悄
悄閱讀自得其樂的讀書人和農村說書藝人而寫的文章。

　　廣告中的說明以及歌仔冊實際的用字法，總而言之就是漢字
表音化。這和只依靠表意文字——漢字的特性和字義而普及於整
個中國的古文完全背道而馳。例如「學而時習之，不亦悅乎」，
北京人用北京音讀，廣東人用廣東音讀，發音完全不同，但能掌
握同樣的意思。正因如此，才會產生「中國人是孔子的子孫，眞
是謝天謝地」這種共同意識。

　　但這一點只適用於能夠查大部頭字典、勉強看得懂艱深漢字
的讀書人；目不識丁的一般民衆則無法直接領受聖人君子的寶貴
教誨。因此，讀書人居於特殊的地位，類似原始宗教中的女巫，
以憐憫愚人的心情傳授並實行聖人君子教誨。

　　漢字的傳統如果是這樣寶貴，這樣悠久，那麼歌仔冊所嘗試
的漢字表音化，不啻是驚天動地的大造反。歌仔冊之所以被讀書
人輕視漠視，理由即在於此。

　　但求知慾非常旺盛的台灣農民，卻讓唯利是圖的生意人斗膽
地對漢字的傳統進行大規模的反叛。把清代的歌仔冊、上海出版
的歌仔冊拿來跟台灣的歌仔冊比較，就會發現前二者漢字的用法
很保守，對表音化不夠大膽。台灣的歌仔冊何以如此勇氣可嘉，
我們當然可以想像：那是受到有表音文字——假名——的日語的
啓發。

下面再補充若干例子。

只滿	chit-má	□□	（現在）
啞九	é-káu	啞口	（啞巴）
半庵羊	poàⁿ-am-iûⁿ	半男陽 poàⁿ-lâm-iûⁿ 的音變	
			（陰陽人）
治多時	tī-tang-sî	□□ 時	（什麼時候）
大四繪	toā-sì-koè	大四界	（到處）
一著	it-tiòh		（想要得到）
下曉	ē-hiáu	會曉	（會）
吊猿	tiàu-kâu	吊猴	（白吃白喝被整）
校邵	hau-siâu	□□	（胡扯）
古錐	kó·-tsui	可推	（可愛）
見少	kiàn-siàu	見笑	（丟臉）
卻四	khiap-sì	□□	（醜）
粟惡鬼	chhek-ò·-kúi	□ 惡鬼	（骯髒）
無煩無老	bô-hoân bô-ló	無煩無惱	（無煩無惱）
斤俗	kin-siòk	均屬	（反正）
未前	bē-cheng	未曾	（還未……卻……）
凡細	hoân-sè	凡勢	（或許）
英皆	eng-kai	應該	（應該）
無凍	bô-tàng	無 □	（沒能……）
不隻	m̄-chiah	不即	（才……）
也屎	iā-sái	也使	（沒必要……）
治刀	tī-to	著 □	（在哪裏）

（註：右列漢字是正字）

　　用來表音的假借字完全是歌仔冊的作者信手拈來。把發音類似的字借來使用，旣不統一也沒有事先說明。這個辦法之所以行得通，乃因從上下文可以了解意思，知道它代表哪一個詞。如果不是常用詞，這個辦法就行不通。

　　但漢字的表音化仍然不是解決台灣話書寫法的根本之道，漢字的「量」雖然有所增減，漢字的「質」卻還無法改變。值得三思。

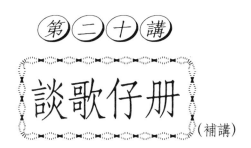

歌仔富有史料價值

關於歌仔的零碎介紹，大概有許多讀者無法完全滿意，下面介紹〈勸人莫過台灣歌〉(Khǹg lâng bȯk koè Tâi-oân koa) 的全文。筆者沒有看到原文，姑且從一九五八年八月台南市文獻委員會發行，《台南文化》第六卷第一期所載，賴建銘：《清代台灣歌謠(上)》一文間接引用。

根據賴建銘的說明，這首歌刻於道光年間(1821～1850年)，在現存歌仔冊中算是比較古老，頗足珍貴。而更值得珍貴的是它的內容。當時的福建、廣東沿岸居民對台灣的看法、偷渡的動機、在船上所受的待遇、台灣的生活環境、道學先生的教訓話等等，都用富有文學色彩和幽默的口吻說明得很具體。

不少台灣人對事情的看法只憑觀念，認為台灣人的祖先是來自大陸，所以台灣人也是中國人。那麼他們為什麼渡海來台？是

什麼階層的人渡海來台？渡海途中以及幸運抵達台灣後，他們面臨什麼樣的生活？大家對這些都一無所知。這首歌提供這方面的片斷知識。

為了幫助讀者了解，下面先簡單說明這首歌的政治環境背景。一六八三年(康熙22年)，清廷消滅割據台灣的鄭氏政權，原定採取只留澎湖、放棄台灣的方針，但施琅力陳其不可行，推翻朝議。

一六八四年(康熙23年)，清廷設台灣府，下分台灣縣、鳳山縣、諸羅縣，隸屬福建省。台灣於是列入中國的版圖。

但清朝把台灣居民(約25萬人)視為潛在的暴徒，施行「台灣編查流寓例」，把單身無職業者強制送回大陸，同時對當地居民嚴加管制，而且對有意渡海來台者規定「三禁」，儘量加以限制。史家稱之為隔離政策。

當時大陸是所謂康熙、雍正、乾隆空前盛世，但福建、廣東仍為慢性饑荒所苦，沿岸居民輾轉聽說台灣容易生活，偷渡客絡繹不絕。偷渡者當中有老弱婦孺，想要投靠在台灣定居的親戚家人，也有像這首歌的主角一樣，想要到台灣闖天下的人，以及通緝犯。

清廷的管制雖未放鬆，但因海岸線很長，加上官府貪污橫行，得不到什麼效果。其間，由於偷渡客不絕於途，台灣人口激增，開發速度很快，稻米產量驚人。清廷於是一改向來的隔離政策，採取將台灣當做福建的穀倉，也就是殖民地的方針，一七六〇年(乾隆25年)全面解除「三禁」。不過在台灣沒有身分可靠的保證人者，仍在禁止之列，並未開放自由返往。

　　「三禁」造成的許多悲劇喜劇，記錄於《台灣縣志》和政治家的文集中。當時的台灣府城——台南的繁榮景況和開拓者的悲慘生活，多多少少可以知曉。這首歌的主角和對方交涉試圖節省偷渡費用；在船中受到極差的待遇也不得不忍氣吞聲；當庸工雖然很辛苦，工作期滿後拿到豐厚的報酬可以過奢侈生活；在物質生活的腐蝕下陷入悲慘的結局——這些似乎都是事實。

　　主角死於路旁，在開拓者當中是失敗者，自不待言。所以道學先生在這首歌的後段教訓了一頓。從公正的立場來看，這段教訓效果如何？有幾個人唸了這首歌而打消前往台灣的念頭？恐怕還是摩拳擦掌、躍躍欲試的人佔大多數。

　　這首歌採四字一句的形式，相當少見，措詞有一半夾雜文言，未免艱澀難懂。作家大概是標榜「安分守己」的讀書人，可能是在大陸出版。

〈勸人莫過台灣歌〉

在厝無路	Tsāi chhù bô lō͘	在家無路走

○「厝」即家，「無」字原文用「无」。

計較東都	kè-kàu Tang-to͘	計較去東都

○「東都」是鄭成功時代對台灣的稱呼。鄭經改稱「東寧」。鄭氏忌諱台灣的發音和「埋完」相通。

欠缺船費	Khiàm-khoat tsûn hùi	坐船缺船費
典田賣租	tián chhân bōe tso͘	典田賣稻穀

○ 形容想盡方法籌措旅費。福建省百分之九十是山地，大部分人沒有土地，或捕魚或出外做工。

悻悻而來	Héng-héng jī lâi	氣沖沖來到

○「悻」是艱澀的文言，憤怒貌。已無後退的餘地，故表情凶狠。

威如猛虎	ui jû bèng-hó·	威風如猛虎
妻子眼淚	Chhe-tsú gán-lē	妻兒淚汪汪
不思回顧	put su hoê kò·	不想回頭看
直至海垹	Tit chì hái kîⁿ	一直到海邊

○「直」可用於空間和時間。

從省偷渡	chiông séⁿ thau tō·	和客頭殺價

○「省」是節省。和居間介紹的「客頭」(kheh thâu)就船隻大小、待遇好壞和偷渡費用進行交涉。

不怕船小	Put phàⁿ tsûn sió	不怕船隻小

○「不」或應讀爲 m̄。通俗的台灣話是 m̄ kiaⁿ。

生死天數	siⁿ sí thiⁿ sò·	生死聽天命
自帶乾糧	Tsū toà ta-niû	自己帶乾糧

○ 坐「三等艙」的偷渡客大概必須自備乾糧。

番薯菜脯	han-tsû chhài-pó·	地瓜蘿蔔乾

○「番」正確的發音是 hoan。副元音-o- 脫落。

十人上船	Tsap lâng chiūⁿ-tsûn	十個人上船
九人嘔吐	káu lâng áu-thò·	九個人嘔吐

○ 數詞通常不直接與名詞相接，中間應插入陪伴詞 ê（個），此處因求句子勻整而予以省略。

乞水洗口	Khit tsúi sián khó·	要些水想漱口

○「洗」原文爲「挽」。口語稱 soá-kháu(漱口)。

舵公發怒	toā-kong hoat-lō·	掌舵人發火

○「舵公」係掌舵人。由此可以想像船內待遇奇差。

| 托天庇佑 | Thok thian pì-iū | 有上天保佑 |

○ 沒遇到颱風 (hong-thai) 算是很幸運。

| 緊到東都 | kín kàu Tang-to· | 很快到東都 |
| 乘夜上山 | Sēng iā chiūⁿ-soaⁿ | 趁黑夜上山 |

○ 台灣西海岸多淺灘，處處可以登岸。

| 搜尋無路 | chhiau-chhē bô lō· | 找不到路途 |

○ 搜尋的文言音是 so·-sîm。

| 遇賊相逢 | Gū chha̍t siong-hông | 半路遇土匪 |

○「遇賊」和「相逢」意思重複，是爲了合轍押韻。當時似
　乎土匪很多。如被官方發覺，會被逮捕遣返原居地。
　也許可以說是不幸中的大幸。

| 剝去衫褲 | pak-khì saⁿ-khò· | 衣褲都剝光 |
| 不知東北 | M̄ tsai tang-pak | 摸不清方向 |

○ 以「東北」代表東西南北的方向。

| 暫宿山埔 | chiam hioh soaⁿ-po· | 暫宿山野中 |

○「埔」謂平坦之地。

| 等待天光 | Tán-thāi thiⁿ-kng | 等候到天亮 |
| 行上幾步 | kiâⁿ-chiūⁿ kúi-pō· | 蹣跚走幾步 |

○ 形容走路游移不定、沒有自信的樣子。

要尋親戚	Beh chhē chhin-chhek	想要找親戚
跋涉路途	poa̍t-siap lō·-tô·	路途苦跋涉
無錢通寄	Bô chîⁿ thang kià	沒錢寄回家

○ 大概是聽說「台灣錢淹腳目」(Tâi-oân chîⁿ iām kha-
　ba̍k)──台灣遍地黃金，才千辛萬苦渡台。

心酸如醋	sim sng jû chhò·	愁腸寸寸斷
抛妻離子	Phau chhe lī tsú	抛妻又離子
乃是何故	nái-sī hô-kò·	是爲哪一椿
欲求財利	Io̍k-kiû tsâi-lī	想要求財利
以此來都	i chhú lâi To·	所以來東都
四目無親	Sú-ba̍k bû chhin	舉目無親人
飢寒困苦	Ki-hân khún-khó·	飢寒加困苦
忽見親戚	Hut kiàn chhin-chhek	忽然遇親戚
引去牽估	ín khì khan-ko·	介紹拉漁網

○「引」是作保之意。「估」的正字是眾。

一二朋友	It-jī pêng-iú	一兩個朋友
相招落部	sio-chio lo̍h phō·	相約去糖廠

○「部」即糖廍，指舊式糖廠。

食現工賒	Chia̍h hiān kang sia	包吃欠工資
欠錢剪布	khiàm chîⁿ chián-pò·	沒錢可剪布
舊衫穿破	Kū saⁿ chhēng phoà	舊衣都穿破
無人通補	bô lâng thang pó·	無人來綴補
年終月滿	Nî chiong ge̍h moá	工作期滿後
領取工顧	niá-chhú kang-kò·	領取到工資

○「工顧」一詞，字典找不到，可能是爲了諧韻而臨時使用。

工藝不做	Kang-gē m̄ tsoè	從此不做事
日夜嫖賭	jit-iā phîau-tó·	日夜只嫖賭
不記前情	Boē-kì chiân-chêng	辛酸抛腦後

　　　　　○ 前情泛指渡台動機及所歷經的辛酸。

| 思量巧路 | su-niû khiáu-lō· | 想不勞而獲 |
| 食鴉片烟 | Chia̍h a-phiàn-hun | 染上鴉片癮 |

　　　　　○ 鴉片在清代大量輸入台灣，消費量極為可觀。

| 穿黑綢褲 | chhēng o·-tiû-khò· | 穿起黑綢褲 |
| 專招少友 | Tsoan chio siáu-iú | 專交壞朋友 |

　　　　　○ 少年指年輕朋友。或許讀為 sio-iú。

言語糊塗	giân-gú hô·-tô·	一口流氓話
結交表妹	Kiat-kau piáu-mūi	搭上小婊子
綾羅絲布	lêng-lô si-pò·	絲綢做衣裳

　　　　　○ 指奢侈的衣服。

| 動頭搖目 | Tāng-thâu iô-ba̍k | 頭搖眼乜斜 |

　　　　　○ 趾高氣昂在大街闊步而行的樣子。

| 朝歡暮樂 | tiau hoan bō· lo̍k | 整天貪歡樂 |
| 牽車看戲 | Kan chhia khoàⁿ-hì | 坐牛車看戲 |

　　　　　○「車」當然指牛車。

伸手相摸	chhun chhíu sio mo·	伸手相撫摸
弄嘴斟唇	Lāng-chhùi chim-tûn	當眾打克司
不顧廉恥	put kò· liâm-thí	厚顏不知恥
工資用盡	Kang-tsu ēng chīn	工資都花光
陪罵癡奴	poê mā chhi-lô·	被罵成色狼

　　　　　○「陪罵」係在旁助罵。大概是鴇母想把他趕出去。

| 一時忿氣 | Chit-sî hún-khì | 一時心氣憤 |
| 交為賊路 | kau ûi chha̍t-lō· | 幹起壞勾當 |

○ 在壞朋友穿針引線下，幹起詐欺、行竊等小偷勾當。

鄉保探知	Hiong-pó thàm-tsai	保甲知消息

○「保」即保甲，是清代就有的連坐式自治組織。

革出門戶	kek-chhut mn̂g-hō·	趕出門戶外

○ 指被趕出村里。

此時困苦	Chhú-sî khùn-khó·	這才知困苦
目滓如雨	ba̍k-sái jû hō·	淚流如下雨
愁苦致病	Chhiû-khó· tì pīⁿ	愁苦而病生
酒色所誤	chiú-sek só-gō·	皆酒色所誤

○「誤」原文做「悞」。

要水止渴	Beh tsúi chí khat	想喝水解渴
無人照顧	bô lâng chiàu-kò·	卻沒人照顧
命危旦夕	Bēng gûi tàn-se̍k	命危在旦夕
拖出草埔	thoa-chhut chháu-po·	拖出放野地

○ 被趕出村里後，大概倒在村外的破屋內。村人發現，認爲讓他死在屋內很不吉利，所以把他拖出去。

雨浸日曝	Hō· chìm ji̍t pha̍k	雨淋太陽曬
二目吐吐	n̄g ba̍k thó·-thó·	眼珠子突出

○ 陪伴詞「蕊」lúi 被省略。

舌青耳烏	Chi̍h chhiⁿ hī o·	耳黑舌發青

○ 形容垂死貌。

哀聲叫苦	ai-siaⁿ kiò khó·	哀聲訴苦痛
死無棺木	Sí bô koaⁿ-ba̍k	死無棺木裝
骨骸暴露	kut-hâi po̍k-lō·	屍體任暴露

猪狗爭食	Ti-káu cheng chiah	猪狗爭吃食
並無墳墓	pēng-bô hûn-bō·	無墳也無墓
家後妻小	Ke-āu chhe-sió	老婆和子女

○「家後」即妻子。「妻小」一詞，字典裏找不到，意指老婆孩子。

不知其故	put ti kî kò·	不知有此事
望夫寄信	Bōng hu kià sìn	盼丈夫來信

○「夫」係文言。

奉養公姑	hōng-ióng kong-ko·	又侍候公姑

○「公」即祖父，跟著小孩如此稱呼。「姑」是丈夫的姐妹。意指妻子侍候她們不易。

非是天命	Hui sī thian-bēng	並不是天命
自入邪路	tsū jip siâ-lō·	自己入歧途
信息一至	Sìn-sek it-chì	信息一來到
眼淚如雨	gán-lē jû hō·	眼淚如雨流
身死他鄉	Sin-sí thaⁿ-hiong	身死在異鄉
妻思別路	chhe su pat-lō·	妻子想再嫁
勸君往台	Khoàn kun óng Tâi	勸君如赴台
須當艱苦	su tong kan-kó·	前途多苦難
貪花迷酒	Tham hoe bê chiú	酒色更迷人
絕嗣廢祖	tsoat-sû hoè-tsó·	廢祖絕子孫
羊有跪乳	Iûⁿ ū kūi leng	羊兒跪喝乳
鴉有反哺	a ū hoán-pō·	烏鴉知反哺

○ 或許當時有此俗諺。

罔極深思	Bóng-kėk chhim-su	大恩應深思

○「罔極」指造化之恩廣大無邊。「思」原文為「息」，極有
可能是排錯字。

安得不顧	an-tek put-kò͘	怎能不反顧
若有婚娶	Nā ū hun-chhoā	如已經結婚
樂爾妻孥	lȯk ní chhe-lô͘	讓妻兒安樂

○《詩經》中有名的句子。

君子知成	Kun-tsú ti sêng	君子知安分

○「知成」大概是臨時新創的詞語。

終身不誤	chiong-sin put gō͘	則不誤終身
來台之人	Lâi Tâi chi jîn	已經來台者
勿此見惡	hut chhú kiàn-ò͘	勿因此見怪
勸解親朋	Khoàn-kái chhin-pêng	奉勸鄉親們
東都勿渡	Tang-to͘ hut tō͘	不要赴東都
何如在家	Hô-jû tsāi ka	不如在家裏
安眠早起	an-bîn tsá-khí	可安眠早起

○「安」原文為「晏」àn：oàⁿ（晚），意指晚睡早起。此處
據賴說改之。

免驚波濤	Bián kiaⁿ pho-tô	不必怕波浪
自如行止	tsū-jû hêng-chí	行動又自由
朝夕趁錢	Tiau-sėk thàn-chîⁿ	早晚賺些錢
夫妻歡喜	hu-chhe hoeⁿ-hí	夫妻都歡喜
也顧墳墓	Iā kò͘ hûn-bō͘	掃祖先墳墓
也育子女	Iā io tsú-lú	也養育子女

○ 如果中國大陸能保障和平安樂的生活，一開始就不會
　有這種問題。

問題重重的文法

　　這個講座終於進入最後的高潮。文法理論困難的程度可以說滿佈荊棘。台灣話的文法是幾乎尚未開拓的處女地，做為開拓者披荊斬棘，固然興奮喜悅，但對自己手中的斧頭是否犀利，頗覺不安。

　　筆者所拿的斧頭是：有關北京話的文法理論以及普通語言學描寫文法理論的若干知識，加上自己對台灣話內省的能力。但文法理論處理的語言現象，極其龐大繁雜，筆者所學尚淺，談這個問題，很想把「講座」的招牌拆下來。

　　以《馬氏文通》為濫觴的北京話文法研究，迄今歷經六十五年之久，卻還是甲論乙駁，眾說紛紜，我們在大學常常被學生問得無言以對、面紅耳赤。日本的文法研究雖然比較進步，也是有所謂山田(孝雄)文法、橋木(進吉)文法、時枝(誠記)文法等各種不

同學說，而且還出現種種的批判。就連對北京話和日本話進行輸出的歐美文法，也不是沒有問題。總而言之，文法理論是很棘手的一門領域。

聽起來好像是替自己辯護。由於上述的理由，加上篇幅有限，筆者在此只想談一些初步的問題。

規範文法和描寫文法

提到文法，一般人常認為它是做文章的規則，這也難怪。西方在古代對文法所下的定義是 art of writing and speaking correctly，把文法看做有學問的大人為了向青少年和婦女傳授本國話的正確知識，或向外國人教授本國話時所用的指南，從實用上來講文法。採用的方法就是將語言中多少有條理可尋之處歸納成規律 (rule) 列舉出來。合乎規則的就是對 (correct)，不合乎規則的就是不對 (incorrect)，以規範性為主。根據這個主旨編纂的文法，現在也稱為規範文法或學校文法。

到了十九世紀末葉，以科學方法研究語言的語言學這一門學問確立了地位。學者致力於用科學方法據實地描寫語言現象，是即所謂描寫文法。

不論規範文法或描寫文法，必須從冷靜觀察和描述語言現象的工作開始。這個時候，如果將個別的事實原封不動描述出來，將流於繁雜瑣碎，不僅談不上 art，也不配加上「學」的名稱。當然必須注意到或多或少共通一致的地方，力求以歸納的方法加以描述。著眼於規律性建立體系，可以說是文法理論的基本性質。

　　規範文法和描寫文法的不同在於：前者由於太重視規律性，不允許例外或排除例外；後者則承認規律性，而且把例外據實描述。

　　就台灣話而言，根本無法談規範文法。常有人要求筆者提示學習台灣話的捷徑，筆者只能回答：目前未達到可以教的程度。最重要的是要先觀察和描述台灣話的語言現象，這方面的努力少之又少。但台灣一旦獨立，台灣話將被制定為國語，推廣使用和教育，這是自明之理，因此規範文法的確立也是當務之急。折衷的辦法就是在持續進行科學描述的過程中，公佈暫定的規範文法。即使有人說這種湊合一時的東西不能接受，也於事無補。因為北京話和日本話都是如此。

文法的兩個部門

　　文法到底研究什麼？其內容和方法隨時代而異，但大致上可以說由詞法 (morphology) 和句法 (syntax) 這兩個部門構成。

　　什麼叫詞法？就是有關以合成(也叫複合、composition)以及派生 (derivation) 等等為手段的構詞方式 (word formation) 體系和詞形 (shape) 交替(也叫替變，alternation)體系的研究。

　　什麼叫句法？就是有關詞 (word) 或詞組 (phrase) 結合成句子 (sentence) 時的社會習慣，亦即造句的方法的研究。

　　一下子出現許多術語 (technical term)，這還只是小意思。術語相當艱澀，外行人難以接受，但為求描述的正確性，不能缺少。

何謂合成？

　　合成就是本來具有單獨用法的兩個以上的詞結合成另一個詞的方式。利用這個方式構成新詞的方法叫合成法，構成的詞叫做合成詞(也叫複合詞，compound)。

　　例如 tiān(電)〔電，觸電〕和 chhia(車)分別為各自獨立的詞，結合成 tiān-chhia(電車)這個合成詞。同樣地，peh(白)〔白〕和 bak(墨)〔墨〕結合成 pek-bak(白墨)〔粉筆〕，phô-tô(葡萄)〔葡萄〕和 chiú(酒)〔酒〕結合成 phô-tô-chiú(葡萄酒)〔葡萄酒〕。

　　tiān-chhia 的 tiān 和 chhia，peh-bak 的 peh 和 bak，phô-tô-chiú 的 phô-tô 和 chiú，是各個合成詞的詞素 (morpheme)。另外就 phô-tô 一詞而言，phô 和 tô 是詞素。

　　合成詞並非兩個以上的詞素單純相加的和。各個詞素和它們當獨立詞語使用時的外形 (shape) 以及義素 (sememe) 多少有所不同。

　　外形是發音的社會習慣要素中除去語調 (intonation) 和強調 (emphasis) 後剩下的要素，合成詞本身只有一個重音素，充分顯示其獨立性。

　　重音素的核心——重音核位於保持本來聲調的最後一個音節。它前面的音節的聲調則按照「聲調變化的規則」(參見第四講〈台灣話的語音體系 (Ⅲ)〉)變化。明顯的例子，像 peh-bak 中的 peh，連尾音 -h 都消失。

　　關於義素，獨立的詞語都各有「明瞭的義素」，但成為合成

詞的詞素時，則只有「不明瞭的義素」。tiān 做為獨立的詞語時，有〔電〕和〔觸電〕這兩個義素，chhia 有〔車〕這個義素。但 tiān-chhia 的 tiān 顯然已經失去〔觸電〕這個義素。〔電車〕這個義素是獨特而且清晰的新義素。

　　台灣話(概括地說，中國話)的合成詞經常存在的問題是：和詞組有時難以畫分。例如 phah ka-chhiù(拍 □□──打噴嚏)，kah-ì(合意──中意)到底是合成詞或詞組？phah(拍──打)這個獨立的詞固然存在，卻沒有 ka-chhiù 這個獨立詞。那麼 phah ka-chhiù 就似乎是合成詞。但是像 phah kúi á ê ka-chhiù(拍幾仔的 □□──打了好幾個噴嚏)這個例子，中間不是可以插入別的詞嗎？由此看來，又很像詞組，我們有 kah(合──合，配合)這個獨立詞，也有 ì(意──心意)這個詞，而且也可以分開用，例如 kah i ê ì(合伊的意)。那麼 kah i 是否應視為詞組而不是合成詞？

　　這種難以畫分的例子，似乎以「對向結構」(動詞＋賓語，詳後)為多。

　　合成詞經常面對的這個問題，本質上起因於台灣話的複音詞(兩個以上的音節＝詞素構成的詞)大多由詞組發展而成。「複雜的單純詞」──單純詞就是從共時意識的觀點，其結構無法進一步分析的詞。單音詞當然屬於此類──根本不會發生問題。

phô-tô	葡萄	(葡萄)
po-lê	玻璃	(玻璃)
seng-seng	猩猩	(猩猩)

完全脫胎換骨的合成詞也沒有問題。

chhiⁿ-mî	青冥	(瞎眼)
chhiú-chhèng	手銃	(調皮)
làu-sái-bé	落屎馬	(拙劣)

何謂派生？

　　派生就是一個詞和一個以上的非獨立成分結合成另一個詞的方式；利用這個方式構成新詞的方法叫派生法，構成的詞叫派生詞 (derivative)。

　　非獨立成分即所謂詞綴 (affix)。詞綴分爲加在前面的詞頭 (prefix)、插入中間的詞嵌 (infix)、接在後面的詞尾 (suffix) 三種。例如 a-Jîn(阿仁)〔阿仁〕的 a- 是台灣話具有代表性的詞頭，義素是表示親密的感情。tē-it(第一)〔第一〕，tē-jī(第二)的 tē-〈表示序數〉，亦是。英語的 co-、pre，日語的 o-、go-，北京話的老——是大家都很熟悉的例子。台灣話、日本話、英語都沒有詞嵌。拉丁語的 ju-n-go(=unite) 的 -n- 常被拿來做例子。塔加洛語也有。例如〔su：lat〕(=a writing，寫作)這個詞根(因此詞綴爲附屬部分)插入詞嵌〔-um-〕，派生出〔sumu：lat〕(one who wrote，寫的人)，如果插入詞嵌〔-in-〕，則派生出〔sinu：lat〕(that which was written，寫出來的東西)。至於詞尾，台灣話也很多。-á(仔)〔小東西、親密的人〕，-thâu(頭)〔特徵顯著的東西〕，-lìn(裏——～的裏頭)等等。英語的 -tion、-ly、-ic，日語的「甘さ」「からさ」的～さ，「愛子ちせん」的ちせん，北京話的～兒、～子、～里，也都是。

　　但詞綴也有問題存在。a-、tē-；-á、thâu、lìn 之類和 huibîn-tsú(非民主)、hui-ha̍p-huat(非合法)的 hui-，bîn-tso̍k-sèng(民族性)、ha̍p-huat-sèng(合法性)的-sèng 之類比較之下，就會發現後者雖爲詞綴，義素卻特別明確，結合能力也弱。有這些詞綴的詞，可以說介乎合成詞和派生詞之間。

何謂形態交替？

台灣話是孤立語 (isolating language)，英語是屈折語 (inflexional language)。孤立語就是具有實質意義的詞語，只是彼此孤立排列在一起，文法功能靠詞序 (word order) 來發揮的語言。屈折語就是以改變詞語的部分形態或加上詞綴的方法來表示詞語的意義、功能以及詞語之間的關係的語言。至於日語、朝鮮語則稱爲膠著語 (agglunative language)，地位可以說居於二者之間(第一講〈台灣話的系譜〉已有述及)。

談到詞語形態的改變，台灣人大概會感到驚訝。Goá phah i(我拍伊——我打他)和 I phah guá(伊拍我——他打我)的 goá 和 i 分別屬於不同的格，但形態並不改變，仍爲 goá 和 i。如果是英語，'I beat him.' 'He beats me.' 這兩個句子，不但 I 和 me，he 和 him 會因主格或賓格而改變形態，連動詞在「第三人稱單數」時也會產生變化，加上 -s。

英語還算是屈折 (infexion) 漸趨消失的語言。消失的部分利用所謂功能詞 (function word) 的前置詞或助動詞之類以分析的方式表示。典型的屈折的例子，在俄語中可以看到。例如：kniga (書)knigi(書的……)knige(給書……)knigu(把書……)knigoi(用書……)。日語的動詞、形容詞的活用也是屬於屈折的形態交替：

「讀む、讀め、讀もう、讀みたい、讀まない」。配合形態的不同，意思不同，在句中出現的位置(功能)也不同。

詞的分類

　　印歐語言 (Indo-European) 的構詞法具有濃厚的詞類畫分的色彩。這是因爲詞語富於屈折，比較容易以形態成分爲基準來畫分若干詞類，而且他們曉得這樣做在文法說明上較爲方便。例如拉丁語文法學家 Varro(B.C. 116-27) 的分類是：①有「格」的詞 (相當於現在的名詞、形容詞)；②有「時式」的詞(現在的動詞)；③兩者兼有的詞(現在的分詞)；④兩者均無的詞(現在的副詞、冠詞、前置詞、連詞、嘆詞等等)。這是詞類畫分的濫觴，現在看來仍然相當合理。

　　屬於印歐語系、但屈折現象消失得最快的英語情形如何？以形態上的基準和功能上的基準相互折衷的方式來畫分詞類：

1. 名　詞——有數、格變化系列的詞。
2. 代名詞——有數、格、性、人稱變化系列的詞。
3. 動　詞——有數、人稱、時式、語氣變化系列的詞。
4. 形容詞——有比較法變化系列的詞(修飾名詞)。
5. 副　詞——有比較法變化系列的詞(修飾動詞、形容詞、副詞)。
6. 連　詞——(連接並列成分的詞，以及連接從屬成分的詞當中負責連接子句的詞)
7. 前置詞——(連接從屬成分的詞當中負責連接詞的詞)
8. 嘆　詞——(和任何成分都沒有關係的詞)

　　上面的說明中，括弧內是根據功能上的基準，括弧外是根據形態上的基準。1～3純粹根據形態上的基準。4～5折衷，6～8純粹根據功能上的基準。要把幾萬、幾十萬的詞語納入這少數幾個框架內，當然有些地方難免削足適履。這和每個人的政治立場無法截然畫分為共產黨或國民黨或獨立派，道理相同。

　　日語的詞類畫分也不是毫無問題，但似乎比英語簡單得多。因為日語已經確立從特有的立場——「文節」的觀點來分類的方法。這是一段相當艱辛的歷程，建立這個分類法，貢獻最大的是橋本進吉博士(1882～1945，東京大學語言學系教授)。他先將詞分為「單獨構成『文節』的『詞』」和「經常和其他『詞』一起構成『文節』的『辭』」兩大類。前者稱為「自立語」，後者稱為「附屬語」，類似獨立國和附屬國。「詞」當中有活用能單獨當述語的叫做「用言」，分為「動詞」「形容詞」「形容動詞」三個詞類。「沒有活用當主語的」叫做「體言」，設「名詞」(包括代語、數詞)一個詞類。「沒有活用，不能當主語，負責修飾連接的」叫做「副用言」，分為「副詞」「連體詞」「接續詞」三個詞類。「沒有活用，不能當主語，無法修飾接續的」有「感動詞」一個詞類。至於「辭」，有活用的是「助動詞」，「沒有活用的」是「助詞」，以上共分十個詞類。

　　但因「文節」的認定實際上因學者而異，自然影響到詞類的畫分。設定詞類畫分的理論，進行詞類畫分，是為了便於說明文法，分類本身並非目的所在，不過是一種準備工作而已。因此，即使從分類的觀點來看極為合理，如果不能便於文法上的描述，價值就很低。相反地，分類本身即使由於基準不一而價值減低，

如果便於文法上的描述，就必須承認這種分類的價值。

　　台灣話的詞類畫分，困難無比。即無法像印歐語言那樣以形態爲根據，也難以像日語那樣建立「文節」這種獨特的觀點來進行分類。事實上，北京話也發生過詞類問題的論戰，甲論乙駁，迄今尚無定論。因此我們可以指出，台灣話的詞法最精釆的地方在於詞類畫分。其梗概將在下一講敍述。

詞序的重要性

　　台灣話屬於孤立語，沒有形態交替，文法功能專賴詞序表達，因此句法是極其重要的部門。詞類的畫分也要在研究過句法之後才有可能臻於至善。

　　詞序是詞(乃至於結構)在句子或結構中所佔的位置、順序。我們的語言表達依賴語音的繼起性。換言之，我們無法一次同時說出兩個詞，必須一個詞一個詞發音。所以構成句子或結構的詞，不能不相互保持前後關係來排列。語言表達受到這個根本條件的限制，與此同時也有效地利用這個條件。

　　但詞語的文法功能由於形態交替而相當明確的語言，例如拉丁語，詞序就比較自由。Petrus caedit Paulum. 不論怎麼排列，意思都是「Petrus 殺 Paulum」，不會改變。這是因爲 Petrus 已經具有主格，Paulum 已經具有賓格，caedit 已經具有動詞形態的關係。但台灣話的 Goá phah i.(我拍伊)〔我打他〕如改爲 I phah goá.(伊拍我)，就變成相反的意思：〔他打我〕。如果說成 phah goá i.(拍我伊)或 phah i guá，意思根本不通。這是因爲詞序不對的緣故。詞序的固定與否和形態交替的

有無，彼此之間密切相關，配合得很巧妙。

基本結構

詞通常被視爲語言最小的單位，固然沒錯，不過實際說話時，絕大多數的情形是幾個結合在一起，形成語音上和意義上都比較大的整體單位。就日語而言，橋本進吉博士最先指出這個事實，定名爲「文節」。「ケサ‖アサガオガ‖サキマシタ。」(今晨牽牛花開了)是由三個「文節」構成的一個句子。拿北京話來說：

　　　你我　進門　下雨　有人　弄好　說清楚　一天　六張
　　　那時候　快點　好些　必定來　可以說　老朋友　好哥哥
　　　眞快

這些都是由兩個詞構成詞組，形成一個單位。也有由三個詞構成詞組，形成一個單位的：

　　　叫他去　給你洗　有飯吃　給他錢

中國人把這種單位叫做「結構」、「詞組」、「仂語」、「短語」，東京大學的藤堂明保博士稱之爲「基本結構」，比中國學者研究更爲深入。和藤堂明保博士的研究幾乎同時，筆者指出台灣話的句子能夠分析爲幾個「聲調羣」。北京話的基本結構，缺點在於難以掌握其語音特徵，但台灣話的基本結構，語音特徵則極爲明顯。

上面列舉的北京話的基本結構，可以翻譯成台灣話如下：

　　　lí-goá　　　　　　　你我　　　　(你我)
　　　chìn-mn̂g　　　　　進門　　　　(進門)

lȯh-hō·	落雨	（下雨）
ū-lâng	有人	（有人）
iōng hó	用好	（做好）
kóng chhing chhó	講清楚	（説清楚）
chit-lıt	一日	（一天）
lȧk-tiuⁿ	六張	（六張）
hit ê sî-tsūn	彼個時順	（那個時候）
kín chit-sut-á	緊一屑仔	（快一點兒）
hó chit-tiám-á	好一點仔	（好一點兒）
it-tēng lâi	一定來	（一定來）
thang kóng	通講	（可以説）
lāu pêng-iú	老朋友	（老朋友）
hó hiaⁿ-ko	好兄哥	（好哥哥）
chin khoài	眞快	（真快）
⋯⋯⋯⋯⋯⋯⋯		
kiò i ‖ khì	叫伊去	（叫他去）
kā lí ‖ sé	給你洗	（給你洗）
ū pn̄g ‖ thang chiȧh	有飯通食	（有飯可吃）
hō i ‖ chîⁿ	付伊錢	（給他錢）

　　虛線以下的例子必須更愼重加以斟酌，而虛線以上的例子都是整個詞組屬於一個「聲調羣」（亦即整個詞組只有一個重音素）。

　　虛線以下即北京話所謂「複雜的基本結構」，台灣話似乎可以用 ‖ 分開。從語音特徵來說，它們是否可視爲一個基本結構，尙有疑問。

不只是台灣話，北京話句法的核心也是結構論，並非言過其實。

研究的訣竅

　　要研究台灣話的文法，有關北京話文法的知識非常有幫助。因為台灣話和北京話同樣是漢語的一支，而北京話的研究最為進步。最省事的方法是把北京話的文法理論原封不動套用於台灣話，無法套用的部分才提出來重新分析討論。

　　把這個方式適用到福建話的文法研究的，有李獻璋(僑居台灣的福建人)的《福建語法序說》(1950年12月，東京南風書局發行)。這本書的序言說：「本書係配合『黎著：國語文法』，將福老話(筆者註：即福建話)的詞類、句法整理之後，儘量找出福老話文法形態的特色，以適當的方式加以描述。」所謂「黎著：國語文法」，指黎錦熙(1890〜1978)在一九二四年所著的《新著國語文法》，是戰前北京話文法的先驅著作。福建話最接近台灣話，所以李獻璋這本書可供研究台灣話文法的參考。

　　台灣話文法有系統的研究，大概以一九三四年七月台灣總督府警官及典獄官訓練所無名會出版部發行，由該所教師陳輝龍所著的《台灣語法》爲濫觴。陳輝龍到底根據什麼學說，利用什麼參考文獻，不得而知，但從他的立場和該書的內容來看，似乎是以當時日語的規範文法爲藍本，並參考北京話的文法書(有一處提到《馬氏文通》)。以日語文法爲範本，並非明智之舉，因爲日語和台灣話的結構迥異。

　　一九五四年十二月，台灣省文獻委員會編纂的《台灣省通志稿》〈人民志‧語言篇〉，係由台大教授吳守禮執筆，其中「第三章語法」僅止於隨意列舉台灣話和北京話相異之處，雜亂無章，令人惋惜。而且例句採自陳輝龍的著書，顯示台灣話的文法研究依然停留於水準偏低的層次，和北京話相異之處，只限於詞語的列舉，例如「下昏」(ē-hng)：「晚上」，詞尾「仔」(-á)：「子、兒」，「行路」(kiâⁿ lō)：「走路」，沒有什麼意思。「甲比乙較大」(kah pi it khah toā)：「甲比乙大」，「汝一本冊給我」(Lí chit pún chheh hō goá)：「你給我一本書」之類的例句，如能多列舉一些，就很有意思，因爲結構和詞序的差異才是大家關心的所在。

　　雖然說北京話的文法可以參考，但也不能濫用。不只中國人，日本和蘇俄也是專家學者輩出，分別提出精湛的學說。採用其中什麼學說，能力自然會受到評定。即使是學術領域，也必須走在「流行的尖端」。所謂「流行的尖端」，當然是指學術界的最高水準而言。

　　綜觀戰後北京話文法的研究，王力的《中國現代語法》

(1943)和《中國語法理論》(1944)、呂叔湘的《中國文法要略》
(1941)以及高名凱的《漢語語法論》(1948)這三個頂峰必須嫻熟
掌握。中共政權成立後，這方面的進步發展更是令人瞠目。像中
國科學院的《語法講話》(1952)、張志公的《漢語語法常識》
(1952)、趙元任的《Mandarin Primer》(1948，哈佛大學)、俄人
康拉德的《論漢語》、藤堂明保博士的《中國文法研究》，不勝
枚舉，令人目不暇給。必須注意的是，中國的學者一度由於「向
蘇聯一面倒」而產生混亂，有不少日本學者盲從附和，被弄得團
團轉。筆者認為中蘇對立可以幫助他們冷靜頭腦，恢復自主性。

觀察和描述尚嫌不足

　　其實在研究北京話的文法之前，應該先正確描述台灣話。北
京話有許多文學作品是很好的研究材料。《紅樓夢》、《兒女英
雄傳》之類的清朝小說和老舍的戲曲即其代表。台灣話沒有與此
相當的材料，如果以自己的台灣話為材料，常常會只利用對自己
方便的材料，不方便的則棄而不用。有鑑於此，以前筆者曾經只
從歌仔冊找材料，但教授問我說：「文法會不會因為歌仔的韻律
而受到扭曲？」當時筆者覺得他的頭腦相當犀利。現在筆者所利
用的材料是岩崎敬太郎的《新撰日台言語集》(1913)、劉克明的
《台語大成》(1916)等比較古老的台灣話會話教科書、上述的
「台灣語法」以及經過嚴格挑選的歌仔冊。

　　描述如不夠充分，解釋就會陷入偏頗。以下試從《福建語法
序說》舉例說明。

　　　動物的性別另以具有詞尾性質的「公」「母」來

區別。不過它多用於已經長大的動物雌雄相對稱呼的場合，因此「～公」通常意指「種～」，而「～母」通常意指「母～」（＝～媽媽）。（頁72。底線係筆者所加。）

他舉的例子是：

$$\begin{cases}雞公\\雞母\end{cases} \begin{cases}鴨公\\鴨母\end{cases} \begin{cases}鳥公\\鳥母\end{cases} \begin{cases}狗公\\狗母\end{cases} \begin{cases}豬公\\豬母\end{cases} \begin{cases}牛公\\牛母\end{cases} \begin{cases}(虎公)\\虎母\end{cases}$$

所謂「公」和「母」具有詞尾的性質，究竟是什麼意思？這是第一個疑問。「具有詞尾性質」這句話模稜兩可。說得明確一些，它到底是詞尾或是合成詞中份量較重的詞素之一？詞尾的條件是必須具備相當強大的構詞能力。但「～公」「～母」並沒有多大的構詞能力。

其次「～公」「～母」的義素未必如李獻璋所說是「種～」「母～」（＝～媽媽）。「種豬」是 ti-ko（豬哥），「公豬」是 ti-kang（豬公）。至於 ti-kong（豬公），《台日大辭典》所下的定義是「祭祀神佛時的公豬」。而 ti-bú（豬母）只有「母豬」（牝豬）的定義，但和 ti-kiáⁿ（豬子——小豬）相對稱呼時，有「母豬」（豬媽媽）的含義，大家都知道。這是描述不夠精確的例子。

根據筆者的看法，「～公」「～母」不能算是詞尾，構詞能力很弱。和人類生活關係密切的禽獸只限於所謂六畜。李獻璋自己也承認，「虎公」這個詞是否存在相當可疑。「～公」的義素是「雄～」，而「～母」有「母～」和「雌～」這兩個義素，應

該說前者比較普通。

在此順便一提，和人類關係疏遠的動物，如同李獻璋所述，雌雄之別係以 kang ê(公的)和 bú ê(母的)這兩個修飾成分加於其上來表達的。

北京話的詞類畫分

了解北京話文法的問題所在，也就是抓住重點，在台灣話文法的研究上極為重要。既然如此，我們就知道重點在於詞類的畫分和主語的處理。

中國話和屬於屈折語的印歐語言不同，詞不具有形態上的特徵，因此無法建立詞類——這是《馬氏文通》的著者馬建忠以來一直到黎錦熙、高名凱為止，連綿不斷的一道主流。

只要是以印歐語言的形態為基準，上述想法並無錯誤。黎錦熙列舉下面的例子以為證明。任何人都會認為「人」屬於名詞。但「人其人」的第一個「人」是動詞。「人參」、「人語」的「人」是形容詞。「豕人立而啼」的「人」是副詞。所以黎錦熙就下定義說：「凡詞依句而辨品。離句則無品。」這個定義相當有名。換言之，中國話的詞，在詞類的畫分上是中立的 (nautral)。

但在分析文法時，不能不設定詞類。上一講也提到，詞類的畫分是一種權宜措施。所以在分析中國話的文法時，應該探討什麼分類法比較方便，才具有建設性。職是之故，馬建忠和黎錦熙都畫分詞類。但他們的做法是借用印歐語言的框架，硬把中國話套進去，結果破綻百出。他們的缺點在戰後逐漸受到修正。

　　張志公設定的詞類有十一個：名詞、動詞(附助動詞)、形容詞、數量詞、指代詞、繫詞、副詞、介詞、連詞、助詞、感嘆詞。

　　最近出版、由倉石武四郎博士所編的《岩波中國語辭典》，設定的品詞也是十一個：指示詞、數詞、量詞、名詞、動詞、形容詞、副詞、介詞、助詞、接續詞(＝連詞)、間投詞(＝感嘆詞)。

　　種類的一致純屬偶然，例如張志公設定的數量詞，倉石博士分爲數詞和量詞(所謂陪伴詞，「個」「條」「尺」)。張志公的繫詞(是)，倉石博士則列入動詞。「能」「會」「敢」「必須」，張志公列入附屬(前置)於動詞的助動詞內，倉石博士則不另立詞類，視爲詞尾。

台灣話問題所在

　　筆者在《台灣語常用語彙》中設定十三個詞類：名詞、指代詞、數詞、範詞、動詞、形容詞、助動詞、副詞、情意詞、介詞、接續詞、語氣詞、感嘆詞。範詞和倉石博士的量詞名異實同(應該改爲較通俗的名稱)。連名稱都未能固定，「現狀堪憂」。助動詞相當於張志公的(後置)助動詞，倉石博士的詞尾。倉石博士的詞尾說，筆者不敢苟同。情意詞在張志公是(前置)助動詞，在倉石博士是副詞。因爲筆者認爲副詞普通屬於附屬詞，但 ē (會)，thang(通)〔可以〕，gâu(賢)〔出色〕之類，也可以當自立詞用。像張志公那樣特別爲 sī(是)設定繫詞這一詞類，很不經濟，不妨列入動詞。一面比較研究、一面分類的結果，筆者認爲必須設定十三個詞類。

陳輝龍和李獻璋採取什麼分類方式，不妨回顧一下，以供參考：

例　字		陳(11)	李(10)	備　考
tsoá	（紙）	名　詞	名　詞	
goá	（我）	代名詞	代名詞	
saⁿ	（三）	數　詞	（數詞）	屬於名詞
ki	（枝）	助及詞	（象形詞）	屬於形容詞
pe̍h	（白）	形容詞	形容詞	
khoàⁿ	（看）	動　詞	動　詞	
ē	（會）	助動詞	助動詞	
thài	（太）	副　詞	副　詞	
hō͘	（付）	前置詞	介　詞	
sui jiân	（雖然）	接續詞	連接詞	
ni	（呢）	語氣詞	助　詞	
a	（啊）	感嘆詞	間投詞	

由上表可知，分類分得很細，但有些地方想法陳腐，大概是受到所謂「歷史限制」的關係。

陳輝龍認爲 Koân kaú hī-á-piⁿ（高到耳仔邊）〔高到耳邊〕的 koân 是形容詞「轉成」名詞。po-lê ê oáⁿ（玻璃的碗）的 po-lê 是名詞「轉成」形容詞。「轉成」是黎錦熙提倡的說法，現在已經不被接受，黎錦熙本身也撤消這個說法。現在乾脆把前者視爲形容詞，出現在主語的位置，而把後者視爲形容詞的

說法根本不值一顧。

關於詞類的畫分，北京話本身尚無定論，但應該探討的問題都已經有人提出，只要進行重點研究即可。不過台灣話有一些特殊的詞語，必須從自己的觀點加以判斷。

例如北京話有「的」這個重要的助詞，它的功能在台灣話分別由 ê 和 e(輕聲)這兩個詞執掌。

Goá ê chheh(我的冊)，北京話是「我的書」。必須注意的是，ê 雖然寫成「的」字，這是所謂訓讀，正字尚未研究出來。chit ê lâng(一個人)，北京話是「一個人」，範詞不同。但台灣話，前一個 ê 和後一個 ê 有可能是同一個來源。

bóe e(買的)，北京話也是「買的」。北京話的「的」和上面提到的兩個「的」，應該屬於同一個詞。但台灣話的 e 是輕聲，形態和義素都跟 ê 不同。例如 Tân e ê(陳的的)〔姓陳的的〕，北京話沒有這種用法。ha̍p-huat-te̍k ê hêng-tōng(合法的的行動)和 ha̍p-huat ê heng-tong(合法的行動)，北京話都是「合法的行動」，無法區別。這是因為台灣話的-te̍k 借自日語，顯然是詞尾，和北京話迥異的緣故。

何謂主語？

首先請讀者動一動腦筋。下面的句子究竟有沒有主語？有的話，哪個是主語？

①Lo̍h hō·(落雨)〔下雨〕

②Kau-âm tsáu-chhut chit chiah toā chiah niau-chhú (溝涵走出一隻大隻猫鼠)〔水溝裏跑出來一隻大老鼠〕

　①句中，「主語是 hō，lȯh 是述語，屬於主語出現於述語之後的特殊詞序」，這是黎錦熙式的看法。這種看法已經落伍。新的看法是①句沒有主語，整個句子都是述語；②句如認爲 chit chiah toā chiah niau-chhú 是主語，那也是黎錦熙式的舊看法，現在通常認爲 Kau-âm 是主語。

　主語(subject)是討論起來沒完沒了的棘手問題，照英文文法的定義，主語「能夠成爲某一陳述的主題，語言上主要以 S＋V (動詞)的形式表現」(大塚高信編《新英文法辭典》)。在英文文法中，「S＋V」大多和意思上所謂「施事者 → 行爲」(actor→ action) 互相對應，因此這個觀念被直接輸入，常有人認爲①句省略了「天」「上帝」之類的主語；②句的主語則是「老鼠」。

　但這個說法不適用於中國話。

　動詞本身並沒有標示動作由某個主體發動的記號，也沒有標示被動的記號。例如 ke m̄ chiah la（鷄不食了），一般認爲它的意思是「鷄不吃(食)了」，行爲的主體是 ke。但它有時候意思是「(某人)不吃鷄了」。這時 chiah 的主語是「某人」，通常認爲主語被省略，而把 ke 稱爲提示語。

　然則主語和提示語如何分別？上面是先知道句子的意思，以此爲出發點來考慮。如果一開始就知道意思，那就不必辛辛苦苦學文法。我們的任務是找出語言的某些標記，從文法上加以解釋，藉以說明意思。

　新的研究態度在此下了決斷。亦即提出所謂位置說──不區分主語和提示語，只要位於動詞之前都是主語。而且中國話的主

語和歐美文法不同，只不過是話題或主題而已。有時是施事者，有時不是。主語如果是話題或主題，那麼在不言而喻的時候，順理成章可以不說出來。

筆者贊成這個說法。「句子一定要有主語」，這種想法本來就不合理。主語如果很明顯，就不必表達。不可或缺的成分是述語，說話的人就是因為想陳述某件事才會採取說話的行動。因此句子不可能沒有述語。

能當主語的，有名詞、指代詞、數詞、動詞、形容詞或與此相當的詞組和引用語句（特別提及的時候）。下面是例句：

名詞

　　Tâi-oân-lâng ū káu-pah gō·-tsa̍p-bān

　　（台灣人有九百五十萬）

指示詞

　　I chin ái chia̍h（伊真愛食）〔他很好吃〕

數詞

　　Tsa̍p sī gō· ê nn̄g-poē（十是五的兩倍）

動詞

　　Kóng pe̍h-chha̍t m̄ hó（講白賊不好）〔說謊不好〕

形容詞

　　Bái tio̍h mài（歹着勿）〔不好的話就算了〕

引用語句

　　Chit-jī ê ì-sù ho̍k-tsa̍p

　　（這字的意思複雜）〔這個字意思複雜〕

雖然如此，下面的例子卻難以解釋。那就是針對 Siáⁿ-mih

lâng tî hia？(甚麼人著夫——什麼人在那兒？)這個問句，回答
Goá(我)的時候的 goá 這種句子以及 Lí ê hun le？(你的薰
咧——你的香菸呢？)這種問句。

　　照張志公的說明，說話時本來必須用完整的句子。但如有上
下文或說話情境的幫助，意思非常明顯時，即使省略某一部分不
說，對方也能靠上下文或當時說話的情境，推測被省略的部分，
進行判斷。在這種情況下，可以把不言而喻的部分省略(也應該如
此)。這種句子叫做「省略句」。張志公並沒有提到主語、述
語。

　　對於張志公的說法，筆者感到懷疑的是「說話時本來必須用
完整的句子」這個前題。文法並非邏輯學，語言表達應該說是一
種藝術作品。無法輕易斷言什麼是完整，什麼是省略。

　　倉石博士的說明是這樣的：「中國話的句子，有只有主語的
句子，也有只有述語的句子。所謂只有主語的句子，例如 nǐ
ne？(你呢)。本來是在這之前先就第三者有所敘述，然後轉變方
向說：『關於 nî 呢？』所謂只有述語的句子，並非省略主語，
而是本來就沒有主語。例如談到自然現象的 xiá zhe xuě ne(下
著雪呢)之類，……由於大家都很清楚，根本不必說出主語時的
Kai hùi le(開會了)之類即是。」(序說，頁19)

　　應該如何解釋才對，筆者目前還無法取捨。

第二十三講

台灣話的文法㈢

十二種基本結構

正式研究台灣話的文法，是筆者今後的任務，目前尚在研擬腹案，摸索若干可行的研究方法。下面將其中比較具體成形的一些想法發表出來。做爲這一講的結尾。

藤堂明保博士是筆者的指導教授，對筆者影響頗深。他在一九五六年一月向學術界發表北京話的「十二種基本結構」(江南書院發行，《中國文法研究》)。

十二種基本結構是：

①是否結構　　　是人

　　　　　　　　不聰明

　　　　　　　　沒(有)去。

②對向結構　　　吃飯

　　　　　　　　像狗

		請他來
③生起結構	下雨
	開車
	有錢
④補足結構	說錯
	弄得好
⑤輔助結構	出去
	送回來
⑥計數結構	一個
	四包
	六尺
⑦指示結構	這杯
	有人
⑧計量結構	好些
	多得很
	去兩天
⑨修飾結構	馬上來
	好好地聽
	現代文學
⑩並列結構	我或你
	又粗又大
	去看
⑪認定結構	可以去
	會寫字

必定死

⑫主述結構　　　我頭痛

你孤掌難鳴

　　藤堂博士認爲這樣畫分極爲有效，不但能說明北京話的句法，而且能建立大略的詞類畫分基準。

　　十二種基本結構的理論在學術界引起極大的迴響，大體上受到承認，但也有批評種類過多，失之繁雜。因此藤堂博士做了如下的修改。

● 把「補足結構」併入「對向結構」

● 把「計數結構」「指示結構」併入「修飾結構」

● 把「輔助結構」併入「並立結構」

● 把「計量結構」併入「主述結構」

結果縮減爲七種結構(1956年6月，江南書院發行，《中國古典的閱讀方法》)。

　　後來「結構」一詞改稱「關係」，設定下面五種關係：①「主述關係」；②「修飾關係」；③「並列關係」；④「補足關係」；⑤「認定關係」(1960年3月，「秀英出版」發行，《漢文概說》)，但「十二種基本結構」的基本構想仍然貫串其間。

　　設定幾種基本結構才算足夠，筆者有筆者的看法。首先必須嘗試將「十二種基本結構」適用於台灣話。

各種結構的探討

　　①所謂「是否結構」就是「表示承認或否認某件事」(《中國文法研究》，以下同，頁47)。

最具代表性的是使用 sī(是)這個特殊動詞的形式。

    sī lâng   是人

    sī bué e   是買的

否定是 m̄-sī(不是)

    m̄ sī bô chî^n 不是無錢(不是没錢)

    m̄ sī m̄   不是不(不是不要)

m̄ 寫成「不」,純粹是假借字,正字不詳。sī↔m̄ sī 後面的成分,筆者把它叫做補語。補語以名詞(或相當於名詞的詞組)為主,有時候也出現形容詞、動詞或其他詞類,但在意思上都帶有名詞的性質。上面的例句,意思等於「不是『没錢』」「不是『不要』」。

台灣話的 m̄ 和北京話的「不」未必相同。m̄ 可以認為是 beh(覓——想要、需要)的反義詞。有 Beh ah m̄?(覓亦不——要不要)這樣的問句可為證明。北京話表示「想要」、「需要」,可單用「要」字。例如「要不(要)?」大概等於台灣話的 Beh m̄ beh?但台灣話通常不說 m̄-beh。

北京話的「不」可用於形容詞的否定。例如「不聰明」「不高」。台灣話的形容詞否定用 bô(無)。bô chhong-bêng(無聰明),bô koân(無高)。

藤堂博士後來把「是否結構」和「認定結構」合併為「認定關係」。大概是因為他認為,「承認或否定」歸根結底可以包括於「對客觀的行為或事實賦予主觀的意見或評價的說法」,也就是「認定結構」的緣故。

確實如此,但是出現在 sī↔m̄-sī 後面的補語都是名詞或具

有名詞性的詞語，這一點和「認定結構」後面帶有動詞不同，筆者認爲不妨另立一種結構。

　②所謂「對向結構」指「行爲朝向某一事物」而言(頁56)。

chia̍h pn̄g	吃飯	
kiâⁿ lō·	行路	（走路）
tsoè koaⁿ	做官	
kóng hó	講好	
chhin chhiūⁿ káu	親像狗	（像狗）

　它採取動詞＋賓語的形式。翻譯成日語時，必須補上助詞「ヲ、ニ」。第四個例句，賓語是形容詞，這是因爲 kóng 的內容等於引用，意思是「『好』這句話」，並非例外。

　「對向結構」中，有些經常用做修飾成分。

toè goá lâi	對我來	（跟我來）
tī lō·-lin gū tio̍h	著路裏遇著	（在路上遇到）
tùi i thó	對伊討	（向他要）
pí chhù khah koân	比厝較高	（比房子高）
kā sian siⁿ kóng	給先生講	（向老師説）
liân lāu-bú to m̄ tsai	連老母都不知	（連母親都不知道）
chiong kong pó· tsoē	將功補罪	
hō· lâng phah	付人拍	（被人打）

　句首的詞語是所謂介詞或前置詞。原本是動詞，由於經常用於這個句型的關係，意思虛化。可分爲仍具有濃厚動詞色彩者 (toè, tī, pí)、動詞的意思幾乎完全消失者 (kā, chiong)、介乎二者之間者等三種。

　　介詞一定帶賓語。賓語是名詞(或名詞子句)。介詞＋賓語成爲修飾成分，修飾後面的詞語。

　　③所謂「發生結構」用來「表示自然界的現象、和個人意願無關，或沒有預料的情況下發生的現象以及有無的現象」(頁61)。

自然現象

loȟ hō͘	落雨	(下雨)
khui hoe	開花	

和個人意願或預料無關的現象

khí kè	起價	(漲價)
tsáu chiam	走針	

有無的現象

ū kúi	有鬼	
bô êng	無□	(沒空)

　　譯成日語時用助詞「ガ」。但動詞後面的名詞並非主語。如上一講所述。

　　台灣話有問題的大概是「有無現象」的表達方式。

i ū khì	伊有去	(他去了)
ū súi	有美	(漂亮)
bô tī hia	無著夫	(不在那兒)

　　北京話並無「有」後面接動詞或形容詞的用法。但台灣話頻繁出現，這是針對某一事實加以認定的說法。因此也許有必要把這一部分特別劃入「認定結構」。

　　④所謂「補充結構」是用來「同時表示某一行爲及其效果、

程度」(頁64)。

kóng m̄ tio̍h	講不着	(說錯)
chia̍h ū pá	食有飽	(吃飽)

在此必須注意的是，台灣話沒有北京話「說得清楚」「高興得跳起來」的「～得～」這種用法。台灣話應該說：

kóng khì chheng-chhó	講去清楚
hoaⁿ hí kah thiàu khí-lâi	歡喜到跳起來

還有「吃個飽」「打個半死」的「個」，台灣話用 chit ê (一個)來表達：

chia̍h chit ê pá	食一個飽
phah chit ê poàⁿ sí	拍一個半死

和 chit ê 類似的是 chit e 輕聲。

khì chit e	去一下
khoàⁿ chit e	看一下

北京話是「去(一)去」「看(一)看」。「～一下」這個說法在舊小說中常常出現。

⑤所謂「輔助結構」就是「接於表示行爲或現象的動詞後面，輔助表示其方向或趨勢」的結構(頁68)。

chhut-khì	出去	
tsáu tńg lâi	走轉來	(跑回來)
chhē-tio̍h	尋着	(找到)

下面畫線的詞發輕聲。筆者稱之爲助動詞。助動詞多爲單音詞，但也不是沒有複音詞的。-chhut-lâi(～出來)，-lo̍h-lâi(落來)〔下來〕，-kè khì(～過去)……。有趣的是還有-lâi khi(～

來去）〔這就～吧(將行貌)〕的說法。

　　〈歸去來辭〉是陶淵明有名的作品。如果是「歸來去」的話，台灣話上述的助動詞等於找到非常可靠的資料，最好不過了，可惜不是如此。

　　藤堂博士後來把「輔助結構」併入「並列結構」，筆者認為應該併入「補充結構」才對。因為我們可以認為它是就某一動作狀態補充敘述其方向或趨向。

　　⑥所謂「計數結構」指數詞＋陪伴詞的結合方式而言(頁78)。

chit-tiuⁿ	一張
nn̄g-oáⁿ	兩碗
saⁿ-chhioh	三尺

所謂陪伴詞，範圍很廣，包括下面幾類：

A. 以形狀為基準的單位

　　tiâu(條)，ki(枝)，tè(塊)，pún(本)，liap(粒)

B.集團和次數的單位

　　chióng(種)，phài(派)，pái(擺)，tsūn(陣)，sok(束)

C.容器的單位

　　tháng(桶)，pau(包)，poe(杯)，nâ(籃)，poâⁿ(盤)

D.度量衡、年月日的單位

　　tn̄g(丈)，chin(升)，nî(年)，gėh-jit(月日)，tiám-cheng(點鐘)

　　為了總括這幾類，就有人想出「範詞」「單位詞」「量詞」之類的術語。

　　這個結構可以視爲數詞修飾單位詞，筆者將它併入「修飾結構」。

　　⑦所謂「指示結構」指「指示某一事物的情況」而言（頁84）。

chit keng	這間	
hit pêng	彼盼	（那邊）
tó chit tah	何一搭	（哪兒）
ū chit jit	有一日	（有一天）
tak tsá-khí	逐早起	（每天早上）
chia lin toā	此裏大	（這麼大）

　　針對句首的詞語特別設定指示詞這個詞類。位於其後的詞語或爲陪伴詞（前五例）或爲形容詞（最後一例）。

　　這個結構中的指示詞可視爲修飾成分，不妨併入「修飾結構」。

　　⑧所謂「計量結構」用來「表示分量的多少」（頁87）。

hó chit-tiám-á	好一點仔	（好一些）
kín tsap-gō͘ hun	緊十五分	（快十五分）
khì chhit jit	去七日	（去七天）

　　北京話有「多得很」「貴得多」這種「～得～」的用法。台灣話沒有同樣的用法。只能說 kùi chin tsoē（貴眞多）。

　　藤堂博士後來把它併入「主述結構」。因爲前面的成分可視爲主語，後面的成分可視爲述語。這樣做確實不無道理，但筆者認爲也可以併入「補充結構」。

　　⑨所謂「修飾結構」是指「前一成分修飾後一成分」而言

（頁89）。

sûi lâi	隨來	（馬上來）
kang-giap ê hoat-tián	工業的發展	
teh thak chheh	著讀册	（在唸書）
khang-chhiú khì	空手去	
tok-lip ūn-tōng	獨立運動	

修飾成分一定位於前面，絕對不可能出現在後面。

這裏特別希望讀者注意的是 ê(的)這個助詞。

peh ê tê-au	白的茶甌	（白的茶杯）
bué ê chheh	買的册	（買的書）
kang-giap ê hoat-tián	工業的發展	

ê 都是緊接著前面的詞語，並非連詞。之所以有修飾的意思，來自於「修飾結構」。

⑩所謂「並列結構」是指「比重相同的成分(不管是詞或詞組)並列的結構」而言(頁97)。

Jit-bún Tâi-oân	日本台灣	
chèng-khak koh siông-sè	正確閣詳細	（正確又詳細）
láilái-khìkhì	來來去去	
iânlō· háu iânlō· kóng	沿路哮沿路講	（邊哭邊說）
lán Tâi-oân-lâng	咱台灣人	（咱們台灣人）

這個結構，範圍相當廣。

⑪所謂「認定結構」就是「對客觀行為或事實賦予主觀的意見或評價的說法」(頁108)。

(A) 可能性的認定

| ē sí | 會死 | |
| boē-tit chhut-sėk | 沒得出席 | （不能出席） |

(B) 可否的認定

| thāng lim | 通飲 | （可以喝） |
| m̄-thāng siá | 不通寫 | （不可以寫） |

(C) 必然性的認定

| tek-khak hō· lí | 的確付你 | （一定給你） |
| tiāⁿ-thȯh lâi | 定着來 | （一定來） |

(D) 當然性的認定

tiȯh khòaⁿ-phoà	着看破	（得看開）
ài tsū-kak	愛自覺	（要自覺）
èng-kai án-ne tsoè	應該按呢做	（應該這樣做）

(E) 難易巧拙的認定

hó chhēng	好穿	
pháiⁿ thėh	歹提	（不好拿）
gân kóng pėh-chhȧt	賢講白賊	（會說謊）
hâm-bān thàn chîⁿ	含慢趁錢	（不會賺錢）

(F) 其他的認定和評價

hó-ka-tsài i ū tsah chîⁿ	好嘉哉伊有束錢	
		（幸好他帶著錢）
hiám si	險死	（差點兒死）
tú-hó bô tī-tėh	抵好無著着	（剛好不在）

　句首的詞語是情意詞。情意詞和副詞不同之處，在於前者為獨立詞，能單獨使用。例如 ài(要～)，筆者寫成「愛」字，應

該沒錯。當別人說 Ái tsū-kak. 這個句子，我們可以反問：Kám ài?(敢愛——要嗎？)

情意詞是非常有意思的研究對象，筆者的畢業論文〈台灣話表現形態試論〉就是這方面的研究。

⑫所謂「主述結構」就是「提示某一話題加以說明的用法」(《中國古典的閱讀方法》，頁213)。

goá thâu-khak thiàⁿ	我頭殼痛	(我頭疼)
tsē kah kha pì	坐到腳痺	(坐得腳發麻)
kóng i m̄ tiȯh	講伊不着	(説他不對)

屬於這種結構的合成詞，例如：

tē tāng	地動	(地震)
hī-khang khin	耳孔輕	(耳根軟)

設定這個結構，能夠減少所謂複句的數目，使文法上的解釋省事不少。

以八種結構分析句子

綜合以上所述，筆者認為只要有「是否結構」「對向結構」「發生結構」「補充結構」(包括「輔助結構」)「修飾結構」(包括「計數結構」「計量結構」)「並立結構」「認定結構」「主述結構」這八種結構就夠用了。有這些，應該就能說明任何種類的句子。以下試加說明。例句取自《新撰日台言語集》。

Hit ê lâng ‖ ūi tiȯh goá put-chí chhīn-lȧk
修飾   對向   修飾
修飾   修飾

（彼個人爲着我不止盡力）〔那個人很爲我賣力氣〕

Khan tiān-le̍k lâi cheng bí

對向　　　　　　對向

認定

並立

（牽電力來爭米）〔架電線搗米〕

Bêng-bêng ū kì tì siàu-phō

對向

補充

決定

修飾

（明明有記著帳簿）〔明明記在帳簿裏頭〕

Iá-lí ‖ kin-nî kúi hè?

接續詞　　　修飾

主述

（亦你今年幾歲）〔那你，今年幾歲？〕

‖ 是區分主語和述語的記號。

單句和複句

複句只是比較複雜而已，分析的要領和單句相同。分析之前必須先面對的問題是：如何區分單句和複句？

Li boē kì tit i sī seng-lí-lâng

你沒記得伊是生理人　　　　　　　（你忘了他是生意人）

畫線部分是主述結構，但它只是對向結構的賓語，類似英語

常見的 that clause，不能算是複句。

　　Tán-hāu i lâi, lán chiah chhut-khì.

　　等候伊來，咱即出去　　　　　　　（等他來，我們才走）

　　畫線部分是主述結構，當對向結構的賓語，和前面的例句一樣。但逗號(停頓)前面的成分和後面的成分究竟處於什麼關係？看做條件子句和主要子句的關係亦無不可。但比較自然的看法是把 tán-hāu i lâi 看做主語，把 lán chiah chhut-khì 看做述語（述語為主述結構）。前面的部分只是提示某一場面而已。

　　Goá ‖ tsā-hng khi, m̄ ku i ‖ bô tī le.

　　　　主述　　　連詞　　認定 語氣詞

　　我昨昏去，不拘伊無著咧　　（我昨晚去，可是他不在）

　　這個句子是不折不扣的複句。說話者的陳述確實中斷兩次，但整個句子表示一個完整的意思。前一子句的句尾帶有類似表示句子結束的特徵——下降句調，但並非完全相同。這裏可以發現複句的特徵。這個句子因為含有屬於文法成分的連詞，更清楚地顯示出它是一個複句。複句有等立式和主從式之別，而且能更進一步細分。

筆者的雄心

　　提倡「語言過程說」、給日本文法帶來深刻影響的時枝誠記博士，在展現獨特的文法體系時，運用有名的「套匣式」圖解法，採取 [　　　　　] 的形式，把「詞」比喻為桌子的抽屜部分，「辭」比喻為把手，象徵把手包含而且統一抽屜的關係（1950年初版，岩波書店發行，《日本文法・口語篇》，頁243）。

　　我們的結構論和「套匣式」不同，但也像大匣子套小匣子一樣，一層一層往裏面套。正如我們考慮到住宅因素，避免家具太佔空間一樣。住宅因素指人們的理解能力，家具指結構而言。

　　筆者的看法是：文法不應該難得毫無道理，而實際上也不難。因爲小孩子和沒有學問的人也能輕鬆學會語言，大體上不會用錯。只是因爲學者的研究分析不夠完全，把簡單的事實說得難如登天而已——筆者有這種不知天高地厚的想法，而且雄心勃勃想探究文法的精髓。

以中國人的失敗爲前車之鑑

中國人對於外國的人名、地名和新事物都用漢字書寫。

（人名）

　詹森 (Johnson)　納薩 (Nasser)

　伊麗莎白泰勒 (Elizabeth Taylor)　希區考克 (Hitchcoke)

（地名）

　阿爾及利亞 (Algeria)　北婆羅洲 (North Borneo)

　古巴 (Cuba)　千里達 (Trinidad)

（新事物）

　電視 (television)　呼啦圈 (hula-hoop)　鈾 (uranium)

　拷貝 (copy)

中國人除了漢字以外，國民政府有注音符號，中共有羅馬字。二者和日本的「假名」類似，但本質上完全不同。日本的

「假名」和漢字同為正規的書寫方法，但注音符號和羅馬字並沒有單獨做文字來使用，頂多只用於漢字的標音。注音符號尤其如此。中共的羅馬字還算比較進步，不過到目前為止，羅馬字也懾於漢字的淫威，黯然無光。

何以注音符號和羅馬字登不了大雅之堂？大概還是因為中國人抓住漢字不放的關係。

眾所周知，漢字本來就是當做表意文字而創造出來的。到十九世紀和歐美文明發生接觸為止，中國人透過這個中國式的三稜鏡來表達宇宙的森羅萬象，絲毫不覺困難。但十九世紀開始和歐美文明接觸後，許多「奇奇怪怪」的事物就像潮水一般滔滔流入。

Oxford 譯作「牛津」，Cambridge 譯作「劍橋」，Club 譯作「俱樂部」，只要稍微動動腦筋，就能把它們翻譯成中國式的說法，但畢竟有其限度。因此，大體上採取下面兩個方法。

㈠原封不動加以音譯

人名、地名通常如此，例如：馬克斯 (Marx)　甘迺迪 (Kennedy)　赫魯曉夫 (Khrushchyov)　倫敦 (London)　紐約 (Newyork)　三藩市 (San Francisco)

部分新事物，例如：維他命 (vitamin)　山道年 (santonin)　奧林匹克 (Olympic)　來福槍 (rifle)　托拉斯 (trust)　爵士 (jazz)

㈡中國式意譯

大部分新事物採用這個方法，例如：長跑 (marathon)　三合土 (mortar)　三稜鏡 (prism)　漆布 (linoleum)　鷄尾酒 (cocktail)　不銹鋼 (stainless steel)　鐳 (radium)　面紗 (veil)　火箭 (rocket)

滾蛋 (get out)　快門 (shutter)

第一個方法，由於受到北京話音節數目及其音值的限制，常流於不徹底的音譯。漢字總數雖然將近五萬，但音節種類很少。就北京話而言，一般認定的音節有四一一個，台灣話根據筆者統計，舒聲音節有四九五個，入聲音節有三〇一個，共計七九六個，換句話說，同音異義詞很多。以北京話爲例。五萬字除以四一一所得的值是一二一有餘，照這個算法，每一種發音有一二一個漢字的寫法(聲調不在考慮範圍內)。實際上並非如此，yi 這個音節約有一六〇字(據1957年商務印書館發行，《漢語詞典簡本》)，排名第一；gei 這個音節只有「給」一字，字數最少。

這點意味著什麼？例如 Italy 的〔i〕音，用漢字書寫時(不考慮外國話的重音，同時也不考慮中國話的聲調)，有一六〇種漢字可以使用——衣　伊　椅　醫　一　怡　飴　夷　宜　移　疑　儀　遺　已　矣　以　蟻　義　乙　易　異　刈　議　意　毅　邑　役　益　翼　逸　憶　億……。這當中用哪個字，任憑君便。

但實際上，不曉得是何人何時在何種情形下加以決定，固定的寫法是「意」大利。漢字很有意思，一旦固定下來，字面上看起來就像具有某種涵意。教師碰到學生發問，就一本正經地回答：「這是因爲意大利出了像墨索里尼這樣意志堅強的人的關係。」照這個謬論，我們說「英」國乃因它是「英雄之國」；「法」國乃因它是「拿破崙法典之國」；「美」國乃因它是「景色美好之國」；「德」國乃因它是「哲學家之國」。

戰前的六個大國可以用這套說法應付過去，現在聯合國有一百多國，根本行不通。它讓我們想起林語堂在一九三九年出版的

《京華煙雲》(*Moment in Peking*) 一書中，女主角姐妹相互逗笑的情景：為什麼 Spain 叫「西班牙」，Portugal 叫「葡萄牙」，用什麼「牙」什麼「眼」的？

日本深受漢字文化的影響，多多少少珍惜這種中國方式。但對英國雖然同樣用「英」字，美國則用「米」字，法國用「仏」字，意大利用「伊」字，德國用「獨」字，並不一致。日本人之所以用漢字音譯，乃因冗長的外國名稱一個漢字就可以解決。例如「日仏學院」「日米安全保障條約」之類，如寫成「日フ」或「日本ドイツ」，不但效率不佳，而且字面上也不美觀。

台灣話像 Eng-kok(英國)，Huat-kok(法國)，Bí-kok(美國)，Tek-kok(德國)還好，I-kok(意國)就有些不好懂。

北京話採用表音方式的致命傷是：北京話的音節沒有濁音和入聲。Berlin 寫成「柏林」，但讀作 bólín。Hitler 寫成「希特勒」，但讀作 Xitèlè，毫無威嚴可言。

台灣話有濁音和入聲，表音反而比較正確。例如「馬女憐」(Bé-lú-lîn) 或「彼都拉」(Hit-to-la)。不過台灣話入聲有-p，-t，-k，相當齊全，濁音則缺少〔d〕音，不夠完備。因此廈門人用「老」字，也就是爆發較強的〔l〕來標寫〔d〕音(1920年，周辨明編《廈語入門》)。台灣人講日語時，有將 da 行音和 ra 行音相混的習慣，理由即在於此。

外國話用羅馬字書寫(主張之一)

台灣話在翻譯上採取漢語漢文化的做法，一直臣服於北京話之下。根據北京話的色彩所翻譯的外國人名、地名和新事物，都

照單全收，用台灣話發音。Hitler 北京話發音成 Xitèlè(希特勒)，和原音已經有一段距離，如果將其漢字用台灣話讀成 Hi-tek-lek，跟原音更是相差十萬八千里。同樣地，marathon→chá-ngpǎo(長跑)→tn̂gpháu，shutter→kuài mén(快門)→khoài-mn̂g 這種迂迴的書寫方式，究竟有多少台灣人能夠了解？

　　因此，筆者想提出下面的建議：採用羅馬字，應用日本以「假名」書寫的宗旨。如上所述，Hitler 寫成 Hitto-là，Cuba 寫成 Khiú-bà，marathon 寫成 ma-lá-sóng，shutter 寫成 sia-ttà，儘管照原音書寫。外國的發音而台灣話的語音所無者，即使略有偏差，也用台灣話的語音書寫。日語的「假名」也是採取這個做法。但〔d〕(〔t〕的濁音)，〔f〕〔v〕可以創新採用。因為它們在台灣話的羅馬字中「閒置未用」。

漢字和羅馬字併用(主張之二)

　　用羅馬字書寫台灣話是筆者一貫的主張，但根據以往的經驗，從頭到尾只用羅馬字，在閱讀時，效率似乎偏低。一瞥之下就能夠了解意思，這一點還是漢字最佳。但用漢字書寫台灣話，正如前面一再強調，困難重重。因此筆者的另一個提議是：漢字和羅馬字這兩種文字混合使用。因此必須由左橫寫。具有普遍性的漢字可以照樣使用。例如「台灣」「獨立」「法律」「一」「十」「笑」「食」「走」「好」「寒」「遠」「而且」「因為」「又」……。以漢字知識不多的人為對象時，不妨用羅馬字書寫。

不具有普遍性的漢字就不要使用，改用羅馬字。beh(想要～)或寫做「要」，或寫做「覓」，或寫做「卜」，因人而異，用羅馬字自然會統一。外國的人名、地名和新事物，當然一律用羅馬字。

正如聰明的讀者所料，漢字和羅馬字混合使用，跟日本混合使用漢字和「假名」完全基於同樣的旨趣。這是對漢字有強烈偏好的中國人畢竟無法同意的。但台灣人和中國人不同，台灣人有創造自己文化的權利，而且也必須創造。

改良羅馬字（主張之三）

在這個講座中，筆者提示了獨創的台語羅馬字書寫法——第二式。

第二式以教會羅馬字為基礎，加上若干改良。這是因為筆者認為教會羅馬字由來已久，相當普及，大幅度修改並非上策，而且教會羅馬字的體系本身並非很不合理，只要稍加改良就能符合要求。

第二式的特徵是把「鳥、埔、都、孤、組」的元音〔o〕寫成 ou，把「褒、刀、哥、糟」的元音〔ə〕寫成 o。教會羅馬字把前者寫成 o·，後者寫成 o，但 o·的·很容易脫落，而且也很容易相混。寫成 ou 不只是因為汕頭話實際上的發音是〔ou〕(和〔o〕對立)，而且也因為音韻學上必須如此分析。

用 N 標寫鼻元音也是筆者的獨創。教會羅馬字是在右上方附加小 n 字，印刷時很不方便，打字機必須特別加上這個字鍵。

手寫時只要在元音之上附加波浪記號～即可，教會羅馬字手

寫時也用小 n 字。另外教會羅馬字的 –ek 則改爲 –ik。這是因爲音位體系上應該如此分析。

　　教會羅馬字原封不動沿襲漢字的單音節性，每個單音節以連字符「－」連接。從旨趣上來說，這樣做根本不對。一個詞應該拼成一串，不必使用連字符，這一點大概沒有人會提出異議。但這樣會產生界音法這個棘手的問題，筆者曾建議 a、e、o、ou 用「，」來界分，i 和 u 則分別在前面加上 j、w 或改寫爲 j、w。現在則認爲 j 不妨改爲 y。例如「伊」從 ji 改爲 yi，「煙」從 jan 改爲 yan，「搖」從 jo 改爲 yo。寫 j 要兩筆，寫 y 只要一筆。

　　這樣的改良大體上已經足夠，筆者擔心的是，不知道教會方面有沒有接受的雅量。

使台灣話更爲精鍊（主張之四）

　　部分台灣人對台灣話沒有什麼感情，他們提出的理由是台灣話很粗俗。台灣話通俗的詞彙確實是怎麼恭維也說不上優雅。正因如此，台灣人必須努力使台灣話達到精鍊的境界。歷史告訴我們，馬丁路德以德語翻譯的《聖經》，薄伽丘用意大利文寫成的《十日談》，莎士比亞以英文寫成的戲劇是如何地使他們的民族對本國語言、進而對自己的民族產生熱愛。台灣話如果有優秀的文學家和戲劇家不斷發表作品，也會漸趨精鍊。

　　必須注意的是，台灣話的精鍊並非以使用艱澀的文言成語爲了事。例如中國電影中出現的歌曲，筆者實在不敢恭維。一味使用艱澀的文言詞句，令人擔心唱歌的歌星或許都不解其意。聽的

人乍聽之下根本無法了解歌詞的意思。因此就煞有介事加上歌詞的字幕。台灣人今後需要的是「抬頭挺胸向前走」或「王將」（註：二者均為日本家喻戶曉的流行歌曲）這種任何人都能產生共鳴、隨口哼唱的歌曲。台灣太多失戀的歌曲，藉失戀唱出被統治民族的悲哀，在從前也許可以說無可奈何，但今後要以開朗的心情，抬頭挺胸積極建設新的國家，因此必須創造和歌唱健康的國民之歌。

推行合理的語言政策（主張之五）

獨立初期會出現語言上的混亂，在所難免。五十歲以上、台灣話能夠運用自如的人，用北京話比較得心應手的年輕一代，從日本回到台灣用慣日語的人，英語流利的留美學生——情形相當複雜。但因台灣話是國語，即使忍受若干不便，也必須努力學習台灣話。不過如果馬上禁止使用北京話以及日語、英語，將會造成摩擦。政府當局和日本人、中國人等外來統治者不同，必須確實徵詢民眾的意見，決定給予多久的緩衝時間。像書寫方式，除了成立類似日本國語審議會或國語研究所之類的專門委員會，充分研商到底是只用漢字或只用羅馬字抑或二者混用之外，還必須有廣徵民意的雅量。

台灣話的復甦和精鍊是全體台灣人的責任。筆者是站在一千萬國民中的一個國民的這個立場做這項發言。除此之外，筆者身為台灣話的研究者，在責任上也有發言的必要。

寫在台灣話講座連載結束之後

這個講座前後連載達四年之久，終於告一段落。

謹在此向各位熱心的讀者衷心表示感謝。實際上或許有不少人對這個講座只是走馬看花。筆者一開始就不奢求日本讀者對台灣人的語言產生興趣，本講座的執筆原本就以台灣讀者為對象。

但根據筆者所聞，最寄以關心的似乎是日本讀者——研究中國方言的專家敎授。天理大學的鳥居久靖敎授在他主編的《中國語學文獻目錄・II 篇》(中國語學研究會編，1963年5月，光生館發行)，一直把本講座收錄在內。這個目錄收集了日本的中國語學界所發表的著作和論文，介紹給日本全國和全世界，結果本講座也沾光，獲得廣泛的介紹。

據說大阪市立大學的香坂順一敎授，為了本講座，還特別叫學生購買《台灣靑年》。香坂敎授是日本研究福建話和廣東話的權威，能受其靑睞，實在是無上的光榮，也備感喜悅。

筆者最期盼的是台灣讀者的廻響，根據本刊(《台灣靑年》)第七期所作的第二次意見調查的結果(報告刊於第8期)，在「最有助益」的報導這一類，本講座得到很多票，令筆者高興之至。

但一般看來，台灣人對台灣話似乎漠不關心。這或許是因為本講座對於一般讀者而言，過於艱澀，但更根本的理由，在於大家對台灣話缺乏自覺，乃至於愛心。

不是筆者自誇，像本講座這樣從廣濶的視野對台灣話加以探討，相信還是全世界最初的嘗試。至少筆者是在這種抱負之下提筆的。另一方面，由於筆者研究只到中途就被捲入政治圈內，為了避免忘掉自己的專門所在，才強迫自己提筆撰寫這個講座。由於撰寫這個講座的關係，筆者至少必須把以前的論文拿出來反覆咀嚼，有

一星期的時間必須蒐尋有關的資料。雖說初步的調查大體上已經完成，但每一講要整理為十五張的稿紙，而且大約每三講必須講完一個主題，因此也需要重新付出相當的努力。

在撰寫的期間內，筆者心情非常愉快而且相當滿足。寫作不是痛苦的事，甚至可以說是一種嗜好。嗜好能夠和實際利益以及教養相互結合，實在是天大的福氣。何況本講座對於將來的台灣如能有些許幫助，則筆者將是台灣人當中最幸福的人。

讓筆者最悲傷的是，有人表示：「這種文章和台灣獨立毫不相干」「浪費寶貴的篇幅」。會不會說台灣話，確實和台灣獨立沒有關係。而且有關台灣話的說明無法和台灣獨立的主張直接扯上關係，也是事實。但是要促進獨立運動，發揚台灣民族主義是不可或缺的前提，因此必須讓台灣人明確意識到自己是台灣人。筆者相信在這方面能有所助益，才提筆撰寫這個講座。儘管如此，在自己的專門領域撰寫論文，對筆者本身而言是一大快事。到目前為止，筆者寫過很多的文章，但從來沒有像寫《台灣話講座》這樣感到心滿意足。

對於使這些化為可能的《台灣青年》雜誌，以及所有援助者和讀者，不知如何感謝才好。謹在此重申謝忱。

王 育 德

一九六三年十二月十四日

Ong Iok-tek

Ong Iok-tek

Ong Iok-tek

82年 1月　長女曙芬病死

　　　　　台灣人公共事務會（FAPA）委員（→）

84年 1月　「王育德博士還曆祝賀會」於東京國際文化會館舉行

　　 4月　東京都立大學非常勤講師兼任（→）

85年 4月　狹心症初發作

　　 7月　受日本本部委員長表彰「台灣獨立聯盟功勞者」

　　 8月　最後劇作「僑領」於世界台灣同鄉會聯合會年會上演，
　　　　　親自監督演出事宜。

　　 9月　八日午後七時三〇分，狹心症發作，九日午後六時四
　　　　　二分心肌梗塞逝世。

57年12月		『台灣語常用語彙』自費出版
58年	4月	明治大學商學部非常勤講師
60年	2月	台灣青年社創設，第一任委員長（到63年5月）。
	3月	東京大學大學院博士課程修了
	4月	『台灣青年』發行人（到64年4月）
67年	4月	明治大學商學部專任講師
		埼玉大學外國人講師兼任（到84年3月）
68年	4月	東京大學外國人講師兼任（前期）
69年	3月	東京大學文學博士授與
	4月	昇任明治大學商學部助教授
		東京外國語大學外國人講師兼任（→）
70年	1月	台灣獨立聯盟總本部中央委員（→）
		『台灣青年』發行人（→）
71年	5月	NHK福建語廣播審查委員
73年	2月	在日台灣同鄉會副會長（到84年2月）
	4月	東京教育大學外國人講師兼任（到77年3月）
74年	4月	昇任明治大學商學部教授（→）
75年	2月	「台灣人元日本兵士補償問題思考會」事務局長（→）
77年	6月	美國留學（到9月）
	10月	台灣獨立聯盟日本本部資金部長（到79年12月）
79年	1月	次女明理與近藤泰兒氏結婚
	10月	外孫女近藤綾出生
80年	1月	台灣獨立聯盟日本本部國際部長（→）
81年12月		外孫近藤浩人出生

王育德年譜

1924年	1月	30日出生於台灣台南市本町2-65
30年	4月	台南市末廣公學校入學
34年	12月	生母毛月見女史逝世
36年	4月	台南州立台南第一中學校入學
40年	4月	4年修了，台北高等學校文科甲類入學。
42年	9月	同校畢業，到東京。
43年	10月	東京帝國大學文學部支那哲文學科入學
44年	5月	疎開歸台
	11月	嘉義市役所庶務課勤務
45年	8月	終戰
	10月	台灣省立台南第一中學(舊州立台南二中)教員。開始演劇運動。處女作「新生之朝」於延平戲院公演。
47年	1月	與林雪梅女史結婚
48年	9月	長女曙芬出生
49年	8月	經香港亡命日本
50年	4月	東京大學文學部中國文學語學科再入學
	12月	妻子移住日本
53年	4月	東京大學大學院中國語學科專攻課程進學
	6月	尊父王汝禎翁逝世
54年	4月	次女明理出生
55年	3月	東京大學文學修士。博士課程進學。

國家圖書館出版品預行編目資料

台灣話講座 / 王育德著；黃國彥譯.
-- 初版. -- 台北市：前衛, 2000[民89]
288面；15×21公分.
ISBN 978-957-801-236-3(精裝)
1. 台語

802.5232　　　　　　　　　　89000355

台灣話講座

日文原著　王育德
中文翻譯　黃國彥
中文監修　黃國彥
責任編輯　邱振瑞　林文欽
出 版 者　前衛出版社
　　　　　10468 台北市中山區農安街153號4樓之3
　　　　　Tel：02-25865708　Fax：02-25863758
　　　　　郵撥帳號：05625551
　　　　　E-mail：a4791@ms15.hinet.net
　　　　　http://www.avanguard.com.tw
出版總監　林文欽
法律顧問　南國春秋法律事務所林峰正律師
總 經 銷　紅螞蟻圖書有限公司
　　　　　台北市內湖舊宗路二段121巷28、32號4樓
　　　　　Tel：02-27953656　Fax：02-27954100
獎助出版　財團法人│國家文化藝術│基金會
　　　　　National Culture and Arts Foundation
贊助出版　海內外【王育德全集】助印戶
出版日期　2000年4月初版一刷
　　　　　2011年10月初版二刷
定 　 價　新台幣300元

＊「前衛本土網」http://www.avanguard.com.tw
＊加入前衛出版社臉書facebook粉絲團，搜尋關鍵字「前衛出版社」，
　按下「讚」即完成。
＊一起到「前衛出版社部落格」http://avanguardbook.pixnet.net/blog互通有無，
　掌握前衛最新消息。

更多書籍、活動資訊請上網輸入關鍵字"前衛出版"或"草根出版"。